KB272855

난생처음 러닝

일러두기

◦ 일부 표현은 구어체의 입맛을 살리기 위해 고치지 않았습니다.
◦ 책 제목은 《 》로, 노래나 TV 프로그램은 〈 〉로 표기했습니다.

난생처음 러닝

심석용 지음

달리기를 적극적으로 권유하진 않습니다만

티라미수
THE BOOK

당신은 어쩌다
러닝을 시작하셨나요?

묵직하고 근본적인 질문으로 이 책을 멋있게 시작하려고 마음을 먹었는데, 막상 썼다가 지우기를 반복한다. 질문은 거창한데, 그에 비해 답은 너무 소소하고 당연해서. 그래도 그런 (자칭) 귀엽고 쓸데없으며 재미없기까지 한 그 일상적인 이유들이야말로 이 책과 시리즈의 취지와 가장 잘 맞는다고 스스로를 설득하며 키보드를 두드린다. 조금 느끼해도 부디 끝까지 읽어주시길 바랍니다.

때는 바야흐로('나도 책을 쓴다면'이라는 상상을 하며 이런 표현을 한번 써보고 싶었다.) 2014년 러닝을 취미로 해볼까 싫었던 시절이다. 아직 '러닝'이라는 단어가 지금처럼 일상이나 미디어에 스며들기 전, '달리기'라고 하면 체육 시간이나 군대의 아침 구보 정도를 떠올리던 시절이었다. 그때만 해도 강변에서 형광색 운동복을 입고 달리는 사람들을 보면 '저분들은 뭔가 특별한 목적이 있나 보다' 생각했다. 마라톤 대회를 준비한다거나 살을 빼야 하는 이유가 있다거나 하는 등 말이다.

나 역시 그저 한 번씩 달리는 사람, 그 이상도 이하도 아니었다. '러너'라는 아이덴티티나 네이밍은 아직 내게 어색했고, 심지어 그런 정체성이 있다는 것조차 몰랐다(솔직히 이 글을 쓰는 지금도 그렇다). 지금처럼 SNS에 러닝과 함께하는 일상을 기록하고, 거기서 파생하여 마음이 맞는 사람끼리 커뮤니티를 이루고, 러닝 크루를 형성하는 문화도 흔치 않았다. 그냥 운동화 신고 밖에 나가서 땀을 빼는 정도거나 조금 더 나아가서는 힘들지 않게 데일리로 가능한 정신 수련 정도였지, 특별하게 좇는 가치관이 있는 것은 아니었다.

때마침 그렇게 러닝의 붐이 조금씩 올 무렵, 한 매거진과 러닝 관련 인터뷰를 했다. "러닝을 어떻게 시작하게 되셨나요?" M에디터님은 나에게 인터뷰 흐름 상 너무나 당연하다 못해 깔끔한 질문을 던졌다. 어떤 걸 시작할 땐 그 럴듯한 계기가 있었을 거라고 생각하니 말이다. "음, 특별한 이유는 없었어요." 머쓱했던 나의 대답에 에디터님은 다음 질문을 하지 않고 묵묵히 기다려주었다. 10초 정도 흘렀을까. 그 정적은 '정말 아무 이유가 없었는데요' vs. '그래도 뭔 계기가 있으셨겠죠'의 무언의 밀고 당기기였다. 결국 ENFP 특유의 침묵 공포증이 발동해 "원래 체력이 부족해서요"라고 말했다. 너무나 재미없고 특별할 것 없는 답변이었다(이 내용은 과감하게 편집되었다. 에디터님, 정말 감사합니다).

그런데 나는 정말 아무런 계기 없이 달리기를 시작한 걸까? 아마 진짜 멋진 계기가 있었다면 내 성격상 이미 주변(최소 100명 정도)에 떠벌떠벌 자랑하다가 "야, 그 이야기 내가 들은 것만 다섯 번째야"라는 핀잔을 몇 번 받고도 남았을 거다. 좋은 기회로 이 책을 쓰기 위해 다시 그때를 곱씹어보며 당시 열심히 썼던 블로그와 에버노트, 일기장을 들추어보았다. 10년이 지난 지금 돌이켜보아도 특별하고 반짝거리는 '순간의 계기'는 없었던 게 맞다. 다만, 그 안에 담긴 다양한 퍼즐들을 맞춰 생각을 조금 정리해 보니, 작은 이유들이 차곡차곡 쌓여 자연스럽게 행동으로 이어진 것 같다는 결론에 이르렀다. 물론 어느 하나 거창할 것 없는 이유들이다.

나는 (정말로) 체력이 (끔찍하게) 없었다

나보다 키가 크고 팔다리가 긴 아빠는 몇십 년 동안 출퇴근 때 사이클을 탈 정도로 체육 활동을 좋아하고, 엄마는 아마추어 배드민턴 동아리에서 활동하며 대구·경북 대회 여자 복식 우승을 한 경험이 있다(엄마가 이 글을 보면 싫어하시겠지만). 그런데 나는 그 운동 신경을 물려받진 못한 것 같다. 나는 원래 몸을 쓰는 것을 싫어했다. 정확히 말하면 싫다기보다는 잘 못했다는 쪽이 더 맞을지도 모르겠다. 그래서 좋아하는 운동이 몇 없었다. 운동(특히 구기 종목) 자체가 나의 자의적인 취미로 이루어진 적이 없다. 폐와 기관지, 호흡기가 선천적으로 매우 약했고, 팔, 다리, 손 등 신체 몇몇 요소를 동시에 움직이는 멀티플레이도 불가능했다. 축구를 해도 나만 공에서 멀었고, 농구를 하면 공이 손에서 먼저 나를 놓아버렸다. 그런 일들이 반복되다 보면 인간은 자기를 정리하게 되고 (좋은 표현으로) 겸손해진다. 그렇게 운동이라는 행위와 내 간극은 커져갔다(먼 훗날=현재 시점에 4년 넘게 나를 가르쳐주신 PT 선생님조차 나에게 신체협응력 혹은 신체조정력이 남들보다 확실히 낮다 그랬다).

이 문제는 군대에서 더욱 심각해졌다. '좌향좌, 우로 돌아'의 제식훈련은 그야말로 지옥행과 같은 명령이었다. 분대원들이 깔끔하게 동작을 마칠 때쯤까지도 나는 혼자 어정쩡한 방향으로 서 있었다. "야! 너 일부러 그러냐?" 훈련 조교의 날카로운 목소리가 울려 퍼졌다. "일부러요? 아니, 저기요. 이렇게 창피한 걸 일부러 한다고요?"라고 나의 억울함을 말하고 싶었지만, 설명할 방법이 없었다. 그렇다고 "제 뇌가 좌우를 헷갈려 합니다"라고 말할 수도 없지 않은가. 그래도 나 혼자 못하고 창피당하는 것은 괜.찮.다. 문제는 나 때문에 분대 전체가 추가 기합을 받는 일이 부지기수였다는 거다. 한숨 섞인 "아이씨"와 함께 다시 엎드려뻗치며 기합을 받고, 훈련 쉬는 시간에도 내 뒤통수에 "일부러 그러냐?", "저 새끼 때문에 이게 뭔 고생이냐" 하는 한숨 소리를 들을 때마다 땅속으로 들어가고 싶었다. 그렇게 혼나면서 배운 제식훈련은 (자랑스럽게도) 아직도 기억하고 있다(절대 잊지 못한다). 그 정도의 욕 먹는 훈련과 갈굼만이 내 협응력을 키울 수 있나 보다.

남학생들과 군인이라면 대부분 좋아하는 축구도 고역이었다. 왜 군인들은 자율 시간에 쉴 생각은 하지 않고 연병장으로 자발적으로 뛰쳐나가 공을 차는 것일까? 축구장은 왜 그리 또 넓고, 인원은 각 팀 11명씩이나 필요하며, 꼭 이등병이 투입되어야 하는 것인지, 어쩌다 강제로 수비수 자리(보통 자처하지 않는다)에 서게 되면 마음속으로 간절히 기도했다. '제발 공이 내게 오지 마세요. 제발요!' 공이 나에게 굴러오기라도 하면 당황한 나머지 엉뚱한 방향으로 차버리기 일쑤였다. 그럴 때마다 팀 동료들의 한숨 소리가 들렸다. '내가 안 한다고 했잖아! 수비수 시킨 너희 잘못이지.' 학창 시절 나와 비슷한 친구들(?)과 했던 농구에서는 팔이 좀 긴 편이라 '그나마' 강했다. 하지만 이마저도 고등학교에 진학하면서 키가 큰 친구들이 많아지며 나의 유일한 장점마저 잃어버렸다.

그런데 이상하게도 달리기, 그중에서도 장거리 달리기에는 강했다. 체력장 1,500m에서는 늘 상위권이었다. 빨리 뛰는 건 아니었지만 포기하지 않았고, 페이스 조절을 잘했던 것 같다. 아마도 '죽을 것 같다'는 70~80% 지점을 본능적으로 알아채고 적절히 조절하는 야생의 감각 같은 게 있었던 것 같다. 군대에서도 유일하게 이것만 빛을 발했다.

아침 구보는 비가 오나 눈이 오나 아주 어렵지 않았고, 일 년에 두세 번 진행하는 체력 측정에서도 장거리는 늘 중대 50여 명 중 상위 10% 안에는 들었다. 그렇다고 포상 휴가를 받을 정도로 아주 잘하는 것은 또 아니었지만. 오히려 이게 더 큰 오해를 불러일으키기도 했다. 제식훈련에서 틀리면 소대장님이 더욱더 화를 냈기 때문이다. "야, 심석용! 너 아까 잘만 뛰더니 일부러 그러지?" 하… 체력과 신체협응력은 완전히 다른 영역이지 말입니다.

그래서인지 운동이라 할 수 있는 것들 중에 러닝이 가장 접근하기 쉬웠다. 당시에는 러닝 자체가 독립적인 운동이라기보다 축구선수들의 체력 훈련이나 복서의 지구력 향상을 위한 보조 운동 정도로 여겨졌다. 내게는 그런 보조 운동이야말로 메인이 될 수 있는 유일한 선택지였다.

무엇보다 러닝은 혼자 할 수 있었다. 팀을 이루지 않아도 되고, 복잡한 규칙을 외우지 않아도 되니 생각을 복잡하게 하며 몸과 마음을 함께 움직일 필요가 없다. 제식훈련처럼 좌우를 구분할 필요도, 축구처럼 순간적인 판단력도 필요 없었다. 오직 포기하지 않는 것만 중요했다. 그건 내가 할 수 있는 몇 안 되는 것이자, 살아보니 남들보다 조금 더 잘하는 몇 안 되는 것들 중 하나였다.

무라카미 하루키의 글을 애정한다

나는 문학을 전공한 것도, 글쓰기를 배운 사람도 아니지만, 이상하게도 어떤 작가들의 문체에 매료되곤 한다. 내가 정말 좋아하는 소설가 무라카미 하루키의 글에는 뭔가 신기한 마법이 있다(이 이야기가 러닝을 시작하게 된 가장 직접적인 이유인데, 너무 클리셰 같기도 하여 피하려 했지만 꽤 큰 비중인지라 언급하지 않을 수 없겠다). 군대 시절 읽었던 《1Q84》에 깊이 빠져든 후, 그의 책을 역순으로 읽어 나갔다. 소설을 도장 깨기 한 후 에세이로 넘어가 마침내 《달리기를 말할 때 내가 하고 싶은 이야기》를 만났다.

하루키의 문장에는 단단함을 넘어선 '딴딴함과 옹골참'이 있다(이 두 형용사는 내 궁극의 추구미이기도 하여 이 책에 자주 등장할 단어이다). 연도와 장소를 정확히 명시하고, 뭐든지 사진을 찍은 것처럼 자세히 묘사하는 객관성, 길게 늘어지는 문장인데도 숨이 가쁘지 않고, 짧은 문장인데도 깊은 여운이 남는 묘한 탄력성과 밀도. 나의 삶과 창작력의 추구미와 맞닿아 있는 그 느낌이 대체 어디서 오는지 한참 궁금했다. 그리고 달리기 에세이를 읽고 나서야 비로소 퍼즐의 마지막 조각이 맞춰지는 기분이었다.

　문득 이런 상상이 떠올랐다. 새벽 도쿄의 거리를 달리는 하루키가 아스팔트 위에서 발바닥으로 일정한 리듬을 찍어내고 있다. 탁 탁 탁. 그 규칙적인 박자가 마치 메트로놈처럼 울려 퍼지고, 그 리듬에 맞춰 머릿속에서는 문장들이 차례차례 완성되어 가는 상상. 달리는 동안 그의 호흡은 점점 깊어지고, 그 깊은 호흡 사이로 단어들이 하나씩 자리를 찾아간다. '1987년 4월', '코카콜라 병처럼 짙은 녹색', '구름 한 점 없는 하늘' 구체적이고 선명한 이미지들이 발걸음의 리듬을 타고 문장 속으로 스며든다. 마치 오래된 타자기를 치듯이 글자마다 확실한 압력을 가해 종이에 새겨 넣는 것처럼.

　그제야 알 것 같았다. 하루키의 문체에서 느껴지는 탄력성, 밀도감, 그 딴딴함의 정체 말이다. 그것은 머릿속에서만 나오는 게 아니라, 튼튼하고 단단한 온몸으로 만들어내는 것이었다. 발이 땅을 딛는 감각, 심장이 뛰는 박동, 폐가 공기를 들이마시고 내뱉는 리듬. 이 모든 신체적 경험이 글쓰기라는 정신적 행위와 만나는 지점에서 그만의 특별한 문체가 탄생하는 것 같았다.

　건축설계를 전공하던 내게 몸과 정신이 하나 되어 작업하는 능력은 간절한 로망이었다. 내 작업물을 건강하게 능동적으로 컨트롤하고 싶었다. 하지만 늘 막막함에 시달렸고, 설계실에서 밤을 새우며 도면을 그리고 모형을 만들어도 늘 뭔가 어색하고 어정쩡한 느낌이었다. 교수님의 피드백은 언제나 추상적이었다. "뭔가 1% 부족해", "좀 더 쫀쫀하게", "더 건축적으로" 그 1%가 무엇인지, 어떻게 하면 쫀쫀해지는지, 건축적이라는 것이 정확히 무엇인지 도대체 알 수가 없었다. 나는 끈적한 미로 속에서 헤매는 사람 같았다.

그런 막막함 속에서 하루키의 '달리기-글쓰기'는 하나의 계시처럼 다가왔다. 몸의 리듬이 작품의 리듬이 되고, 신체의 조화가 작업의 조화로 이어진다는 것. 어쩌면 내가 찾던 1%는 바로 이런 것일지도 모른다는 생각이 들었다. 단순히 머리로만 하는 작업이 아니라, 온몸으로 느끼고 경험하는 작업 말이다.

하루키처럼 매일 꾸준히 달리면서 작업하면 나도 그런 자연스러운 건강함, 확실한 나만의 리듬감을 가질 수 있을까? 당시의 나는 부러워만 하지 말고 직접 실천해 보자는 패기로 가득했다. 지금 와서 생각해 보면 참 단순한 발상이었지만, 그 단순함이야말로 젊음의 특권이었을지도 모른다. 그래서 러닝을 '언젠가 한 번은 반드시 시도해 볼 취미'

리스트에 정식으로 등록했다. 그때가 한겨울이었다. 창밖으로 보이는 앙상한 나뭇가지들과 회색빛 하늘을 보며 생각했다. 계절이 한 번 바뀌면, 그러니까 따뜻한 봄이 오면 시작해 보자고. 그리고 초봄이 왔을 때 정말로 나는 러닝화를 신고 나섰다. 하루키의 문체처럼 내 설계 작품에도 자연스러운 건강함과 확실한 리듬감이 깃들기를 바라면서. 지금 생각해 보면 참으로 겁 없이 순수하고 아름다운 동기였다.

유학 준비의 지긋지긋함을 버티게 해주었다

좀 더 자세히 말하면, 눈에 보이는 가시적인 성과를 알 수 없음에 지쳐 있었다. 건축학도에서 그래픽 디자인으로 전공을 바꿔 석사를 준비하는 과정은 막막 그 자체였다. 필요한 건 어학 점수, 포트폴리오, 연구계획서. 어학 점수는 2년간 학교에 다니며 주말 이틀 모두 강남과 종로 학원을 좀비처럼 전전하며 확보했고, 연구계획서는 영어 및 건축, 예술에 능통한 친구 석범이가 도와주었다.

문제는 포트폴리오였다. 정량적 척도가 전혀 없었다.

건축에서 그래픽으로 완전히 다른 포트폴리오를 준비해야 하는데, 레퍼런스도 없고 물어볼 곳도 없었다. (챗GPT가 없던 시절이라) 구글에 검색해 봐도 "나만의 개성을 살려라" 같은 뻔하디뻔한 조언만 나왔다. 내 작업물만 하루 종일 들여다보니 객관성도 완전히 잃었다. '내가 잘하고 있는 게 맞나?'라는 의심을 넘어 '이게 대체 뭔가?'라는 실존적 의구심까지 들었다. 5년간의 건축학과 생활에서 "좀 더 건축적으로", "디자인이 약해" 같은 추상적 피드백에 이미 지치고도 지친 상태였다.

유학 준비의 성공은 합격해야만 알 수 있다. 그 성공까지는 최소 6개월에서 최대 1년이 걸린다고 했다. 물론 성공한다는 보장도 없으니 매일이 불안했다. 이 길이 맞는 걸까? 내가 하고 있는 게 의미가 있는 걸까? 어쩌면 더 큰 문제는 나 자신이었을지도 모른다. 건축에서 그래픽 디자인으로 전공을 바꾸겠다고 결심한 것 자체가 일종의 모험이었는데, 그 새로운 도전을 감행하느라 이미 심신이 지칠 대로 지쳐있던 상태였다. 매일 같은 질문들이 머릿속을 맴돌았다. '내가 정말 이 분야에 재능이 있을까?', '5년 동안 건축을 했는데, 이제 와서 바꾸는 게 맞나?', '혹시 그냥 현실 도피는 아닐까?' 그렇게 하루하루 자신을 의심하고 확신이 서지 않는 상태로 버티다 보니 유학 지원 막바지에는 정말로 몸도 멘털도 탈진 직전이었다.

그때 내게 절실했던 건 '오늘 하루 뭔가 해냈다'는 확실한 증거였다. 처음에는 러닝 앱의 존재도 몰랐다. 나이키 러닝 앱을 알게 된 후에도 '러닝을 수치화해서 데이터로 쌓는다'는 개념이 담백하거나 쿨해 보이지 않았다. '운동은 기분 좋아지려고 하는 건데 무슨 숫자놀이야?'라고 생각했다. 하지만 첫 3km를 완주하고 앱에서 "축하합니다. 3.0km 완주!"라는 알림이 뜰 때 느꼈던 그 뿌듯함이란. 그것이야말로 당시 내게 가장 필요했던 확실한 성취감이었고, 수능 이후 느끼지 못했던 수치로 보여주는 정량적 성공이었다. 포트폴리오 작업은 이게 좋은 건지 나쁜 건지 알 수 없지만, 3km는 확실히 3km였다. 거짓말할 수 없는 숫자다. 매일의 작은 숫자들이 쌓여가는 뿌듯함과 그때그때의 작은 성공의 경험이 더 큰 성공을 위해 달려 나갈 모티베이션이 되었다.

그렇게 시작한 유학 준비 당시 나의 러닝 루틴은 간단명료했다. 주 3회 뛰기, 하루 6km 완주하기, 러닝 후 샤워하고 반드시 포트폴리오 작업하기. 이 세 가지를 다 지키고 나면 왠지 합격에 한 걸음 다가간 것 같은 기분이 들었다.

그런데 실은 정반대의 심리였다. 이 루틴을 한 번이라도 어기면 탈락할 것 같은 불안감이 더 컸다. 완전히 미신적인 사고였지만, 당시에는 '오늘 못 뛰면 떨어진다'는 말도 안 되는 생각이 들었다. 징크스가 생겨버린 것이다. 유학 지원부터 면접, 합격까지 그 긴 여정 동안 세 가지 루틴을 종교적으로 실천했다. 심지어 감기에 걸렸을 때도 뛰었다. 그리고 나는 원하는 학교들에 단번에 합격했다.

지금도 확신한다. 러닝 덕분에 합격한 것이라고. 객관적으로는 말이 안 되지만, 달리는 작은 성공들의 성취감이 없었다면 심리적으로 금방 무너졌을 것이다. 그 작은 성공들이 큰 도전을 견뎌낼 힘을 준 게 분명하다.

러닝을 한 지 어느새 11년을 넘어서고 있다. 체력 보강이라는 뻔한 명목으로 시작했지만, 하루키를 따라 하려던 젊은 패기가 더해지고, 불안한 마음을 달래는 의식으로 정착했다. 이제는 그 모든 이유들을 넘어선 뭔가가 되었다. 사회인이 된 지금도 그 가치는 여전히 유효하다. 더 절실해졌을지도 모른다. 회사에서의 성과는 늘 상대적이고 불확실하다. 잘했다고 생각한 프로젝트가 예상과 다른 평가를 받고, 일 외에서도 열심히 했지만 눈에 띄지 않는 작은 행동들이 부지기수다. 하지만 러닝만큼은 다르다. 7km를 뛰었다면 그건 명확히 7km다. 아무도 그 사실을 바꿀 수 없고, 아무도 그 가치를 깎아내릴 수 없다. 숫자로 보여주고, 기록으로 쌓여간다.

그 작은 성취감이 남은 오늘을, 내일을, 이번 달을 살아가는 이유가 된다. 큰 꿈이나 거창한 목표가 아니어도 괜찮다. 매일 밤 러닝화 끈을 매는 순간의 작은 다짐, 그것만으로도 하루가 의미 있게 된다. 어쩌면 이런 소박한 만족이야말로 어른이 되어 찾아낸 가장 현실적인 행복의 형태일지도 모른다. 20대에 꿈꾸던 화려한 성공이나 극적인 변화가 아닌, 그저 오늘 하루도 무사히 해냈다는 담담한 안도감, 거대한 파도처럼 몰아치는 환희나 쾌락이 아니라 오늘도 무사히 해냈다는 생각보다는 어려운 항상성의 평온함 말이다.

이렇게 돌이켜보아도 러닝을 시작한 이유는 그리 특별하지 않다. 체력이 약해서, 좋아하는 책에서 영감받아서, 불안해서. 그 평범한 이유들이 모여 지금의 나를 만들어 주었고, 여전히 만들고 있다. 어쩌면 대부분의 좋은 습관들이 그렇게 시작되는 것 아닐까. 나는 여전히 좋은 사람도, 멋진 사람도 아니다. 다만, 그런 사람이 되기 위해 노력하게 해주는 가장 단단하고 당연한 습관이 러닝인 것 같다. 뭔가 기록에 남길 만한 거창하거나 극적인 이유는 아니지만, '누워서 그냥 쉬어야지'를 이겨내는 매일의 작은 움직임들이 결국 내 삶의 행복의 형태를 만들어내고 있다.

차례

프롤로그 당신은 어쩌다 러닝을 시작하셨나요? 4

5km

러닝을 적극적으로 권유하진 않습니다만

러닝을 적극적으로 권유하진 않습니다만 24

어느 정도 뛰세요? 28

수박바 초록색을 먹을 자격 32

달리기도 배워야 하나요? 37

이토록 평등한 취미라니 47

발등에 피가 나도 뛰는 이유 54

10km

마음만은 대한민국 국가대표

낯선 도시와 친해지는 법 64

내 첫 러닝메이트 크리스 76

머그잔에 담긴 크리스마스, 베를린 85

마음만은 대한민국 국가대표 91

아무도 뛰지 않는 마라톤 발상지, 그리스 98

Good morning runner! 107

꿈이 현실이 되는 곳, 바르셀로나 117

21.0975km

죽기 직전까지 뛰어봤니?

신입사원 면접의 패기(부제: 7.07) 128

죽기 직전까지 뛰어봤니? 135

밤에 뛰기 vs. 아침에 뛰기 143

8월 8일의 8.08K 154

첫 러닝 대회: 망했다 160

심플한 용기를 가질 수 있는 방법 181

러닝 크루에 대한 짧은 고찰 188

42.195km

내가 러닝을 좋아하는 열 가지 이유들

마라톤 대회에 나가지 않는 이유 202

내가 부주상골증후군이라니 208

당연한 것들이 당연하지 않아질 때 220

러너스 하이? 그건 모르겠고 236

의지력 차이야 243

내가 러닝을 좋아하는 열 가지 이유들 255

얼마나 더 달릴 수 있을까 싶다가도 263

에필로그 272

러닝을 적극적으로
권유하진 않습니다만

러닝을 적극적으로
권유하진 않습니다만

러닝을 시작한 지 만 10년(지금 이 글을 쓰는 시점 기준)이 넘었다. 나름 11년 차 베테랑이다. 그렇다 보니 "형 (또는 오빠나 너) 따라 저도 뛰기 시작했어요!" 하는 패기 넘치는 친구들이 어림잡아도 서른 명은 족히 넘는다.

그들의 패턴은 놀랍도록 일정하다. 첫 러닝을 가볍게 뛰고 나서 나에게 메시지를 보내며 나이키 러닝 앱에 친구 추가를 한다. 얼마 지나지 않아 인스타그램 스토리에는 러닝화를 비롯한 멋진 착장숏과 기록 인증숏이 업로드된다. 그리고 또 얼마 지나지 않아 조용히 페이드아웃 된다. 현재 내 러닝 앱 친구 목록에는 호기롭게 따라 뛰었다며 이야기했던 친구들 중 여전히 뛰는 사람은 한 명도 없다. 덩그러니 남겨진 프로필 사진만이 추억 가득한 빛바랜 폴라로이드 사진처럼 한때의 열정만 가득 담고 있다.

"너 따라 나도 뛰어봤어"라고 말하는 친구들 대부분의 반응은 "와, 이거 생각보다 빡세더라"다. 러닝은 클라이밍처럼 깎아지른 절벽을 타거나 서핑처럼 높은 파도를 가르며 자연과 맞서는 그런 퍼포먼스 따윈 없는 운동이다. 같은 동작을 반복하는, 심지어 그 동작조차 우리가 일상에서 늘 하는 움직임의 연장선이다. 기술 점수라곤 메길 게 없는 한 발 한 발 앞으로 나아가는 게 다인 운동이다 보니 시작하기에 심리적 허들은 낮지만, 그 간극에서 오는 배신감이 꽤 크다. 마치 실내외 온도 차이가 감기를 만들어내듯 '할 만하네요'와 '빡세네요'의 온도 차이가 다시는 나가서 뛰고 싶지 않은 몸살을 만들어낸다.

이런 이유로 나는 10년 넘게 뛰면서도 단 한 번도 러닝을 누군가에게 권유한 적이 없다. 연애할 때도 서로의 취미를 공유하며 함께하는 것들이 있지만 '같이 뛰어볼래?'라고는 단 한 번도 말하지 않았다. 무라카미 하루키가 그랬다. 소설가가 만인을 위한 직업이 아닌 것처럼 달리기는 만인을 위한 스포츠가 절대 아니라고.

그게 무엇이든 내 의지가 아닌 것을 하는 건 괴롭겠지만, 뛰어야 해서 뛰는 것만큼 괴로운 일이 있을까? 나에게는 뜀박질이 그렇다. 한때는 나도 어떠한 목적을 이루기 위해 '오늘도 뛰어야만 해'라고 했던 적이 있다. 그것이 SNS 인증을 위한 것이든, 다이어트 혹은 마라톤 기록을 위한 것이든 목적을 위한 목적으로 시작하면 다리도 달리기도 금방 무거워진다. 누군가에게 '한 번 더', '조금만 더'는 지옥일지도 모르니까.

가장 좋은 접근 방식은 '한 번 뛰어봐야지'라는 아주 가벼운 마음으로 천천히 시작해서, 실제로 달려보니 '꽤 할 만하네. 상쾌해'라는 시퀀스이다. 요즘 다들 러닝하니까, 러닝하는 사람들이 멋져 보여서, 러닝하는 내 모습을 인생의 한 챕터로 쓰고 싶어서 등의 이유는 러닝을 시작할 수 있게 해줄지는 몰라도 계속하게 할 수는 없다. 내 친구들이 증인이다. 그렇게 시작한 친구들 중 세 번 이상 꾸준히 뛴 사람이 없다(얘들아, 미안! 너희를 비하하거나 희화화하는 건 절대 아니야!).

지금껏 쌓아온 자신만의 사적인 경험들이 나의 취향을 만들었을 것이고, 그것들은 우리가 무엇을 할 때 더 명확한 이유와 명분을 만들어 준다. 결국 좋고 싫은 건 누구의 설득으로 통하는 게 아니다("걔랑 헤어져"라고 아무리 말해도 안 헤어지는 것처럼 말이다). 달리기도 마찬가지다. 어떤 이에게 달리기는 새벽 공기의 청량함이고, 어떤 이에게는 퇴근 후의 무거운 숙제일 것이다. 하루의 스트레스를 푸는 수단이 될 수도 있고, 매달 채워야 하는 마일리지 부담감으로 인한 스트레스의 원인이 되기도 한다. 누군가는 달리기에서 삶의 위안을 찾고, 누군가는 지루함을 느낀다. 나 역시 그렇게 축적된 경험들이 쌓여 '달리는 사람'이 되었다.

혹 "저 정말 러닝에 관심이 있는데 어떻게 가볍게 시작해 볼 수 있을까요?"라고 묻는다면, 이 질문에는 꽤 자신 있게 말할 수 있다.

"장비도 러닝화도 아직 사지 말고, 좋아하는 신나는 음악 다섯 곡 골라서 에어팟 끼고 가볍게 뛰어봐!"

어쩌면 이것도 일종의 권유일지 모르지만, 적어도 무겁지 않은 시작이라고 생각한다. 그렇게 다섯 곡을 넘기는 친구들은 지금도 잘 뛰고 있다.

어느 정도
뛰세요?

얼마 전 러닝화를 사러 갔다가 재미있는 경험을 했다. 러닝화를 구경하는데 점원이 물었다. "어느 정도 뛰세요?" 순간 뭐라고 대답해야 할지 몰라 당황했다. 남들처럼 기록 욕심이 있는 것도 아니고, 대회 출전 준비를 하는 것도 아니며, 가입한 러닝 크루도 없다. 딱히 둘러댈 말이 없어 "그냥 가끔 뛰어요"라고 답했다. 그러자 점원은 내가 이미 5년 전에 신었던 초심자용 러닝화를 추천해 줬다.

문득 궁금해졌다. 대체 '러너'는 무엇일까? 어느 정도 되어야 '이제 러너가 되었다'고 할 수 있을까? 10년째 달리고 있지만 나는 러너일까, 아닐까? 물론 스스로 '러닝을 한다'라고 말하기가 민망해 '러닝'이라는 단어보다 '달리기'가 나에게는 더 맞는 표현이라 생각한다. 나는 그저 꾸준히 달리는 사람일 뿐이다.

수영, 클라이밍, 테니스, 발레, 권투 등 대부분의 운동에는 단계가 있다. 수영은 처음 시작할 때 숨 쉬는 법을 배우고, 그다음 발차기만 한 달을 한다고 한다. 손을 쓰고 자유형, 배영과 같은 기술에 들어가면 수영 좀 한다는 사람이 되는 것이다. 러닝은 어떨까? 첫 1km를 쉬지 않고 뛰었을 때? 10km 완주 기록증을 받았을 때? 아니면 마라톤 풀코스 완주 메달을 목에 걸어야 러닝 좀 한다는 사람이 될까?

책 한 권을 읽었다고 독서가가 되는 건 아니지만, 그렇다고 백 권을 읽었다고 해서 독서가라고 할 수 있는 것도 아닌 것처럼 러너의 기준은 불분명하다. 누군가는 첫 러닝을 하자마자 스스로를 러너라고 생각하기도 하고, 누군가는 "10km는 뛰어야지"라고 말하기도 한다. '우리 오늘부터 1일이야?'에 집착하는, 시작과 끝의 경계가 명확해야만 하는 나의 (안 좋은?!) 연애 습관처럼 이런 모호함이 불편해 "그냥 가끔 뛰어요"라고 말했다.

러닝의 이런 애매함이 갖가지 이슈를 만드는 것 같기도

하다. 어느 날 후배에게 연락이 왔다. "형, 저 요즘 뛰기 시작했는데, 어떻게 하면 오래 잘 뛸 수 있을까요?" 러닝이 붐이 되면서 종종 이런 질문을 해오는 친구들이 있다. 그들이 봤을 때 나는 꽤 오랫동안 달리고 있는 사람이니 나름 전문가로 느껴졌나 보다. "어떻게가 어디 있어. 그냥 뛰는 거지." 내가 할 수 있는 답은 이것뿐이었지만, 이제 러닝에 재미를 들인 후배의 열정을 꺾고 싶지 않아 ENFP의 기질을 발휘해 개인적인 이야기를 늘어놓으며 응원해 줬다.

러닝이 인기를 얻으면서 관련 유튜브나 이를 소개하는 운동 매체들도 덩달아 늘어났다. 어떻게 뛰어야 하는지, 얼마나 뛰어야 하는지 전문가부터 일반인들까지 자신의 방법을 공유하고 그게 정답인 듯 주장한다. 이에 더해 "고통을 이겨내는 과정이 성장이다", "한계를 넘어서는 순간의 깨달음" 등 가볍게 뛰어보려고 했던 우리에게 러닝을 통해 꼭 무언가를 깨닫고 이뤄내야만 하는 것처럼 최면을 건다.

하지만 철학을 만들려 하는 순간 순수함은 왜곡된다. 철학을 의식하는 순간 그 철학을 증명하기 위한 도구가 되어버린다. '더 빠르게'라는 철학은 우리를 기록에 집착하게 만들고, '더 멀리'는 거리에 집착하게 만들며, '더 꾸준히'는 달리기를 의무적인 일로 만든다. 어느 순간 한계를 돌파하기 위해 뛰다 보면 달리는 게 매번 더 힘들어질지도 모른다. 더 우스운 건 그 철학에 맞지 않는 순간들을 스스로 검열하게 된다는 것이다. 별생각 없이 뛰었는데 "오늘도 달리며 많은 것을 깨달았다"고 포장하고, "자연과 하나가 되는 시간이었다"고 의미를 부여한다. 마치 인스타그램에 #오운완 #러닝 태그와 함께 올릴 글귀를 미리 정해두고 사진을 찍는 것처럼 말이다.

분명 목표를 두고 그것을 이뤄내기 위해 노력하고 나아가는 것은 훌륭한 일이다. 다만, 목적과 수단이 바뀌지 않았으면 하는, 달리기를 즐겁게 오래 하길 바라는 나의 작은 오지랖이다.

수박바 초록색을
먹을 자격

2013년 여름밤, 정확히는 새벽 2시쯤 유학 준비를 위한 포트폴리오 작업이 잘 풀리지 않아 속상한 마음에 '딱 세 시간만 자고 일어나서 해야지' 싶어 눈을 붙여봤지만, 답답한 마음은 불면을 형성하였고, 결국 잠자기를 포기하고 러닝화를 신었다. 당시 속상한 마음을 해결하는 나만의 루틴이었다. 혹자는 새벽 달리기가 몸의 컨디션을 해칠 수 있다고 경고한다. 코르티솔 수치가 불안정해지고, 체온 조절이 어려워진다나. 아마 그들은 유학을 준비하는 건축학도의 절박함을 계산 변수로 적용하지 않았을 터이다.

한여름 새벽은 생각보다 차가웠고(마음이 그래서 그랬던 걸까) 더 축축했다. 마치 습한 늦가을 같았다. 자취방의 작은 창문 틈으로 들어오는 희미한 도시 불빛 아래, 한 시간쯤 달리고 돌아와 샤워를 마치니 새벽 3시가 스며들고 있었다. 선풍기 앞에 앉아 냉동실 문을 여니 편의점 2+1 행사로 쟁여둔 수박바가 두어 개 정도 남아있다. 하나를 꺼내 책상에 놓고, 젖은 머리카락에서 떨어지는 물방울이 포트폴리오 스케치를 적시지 않게 수건으로 한 번 더 문질렀다. 선풍기 바람이 지나갈 때마다 목덜미가 서늘해진다. 몸은 너무 피곤했지만 이상하리만치 정신은 더 또렷해진다.

당시 나는 낮과 밤이 뒤바뀐 생활을 하고 있었다. 엄연히 말하면 하루 24시간 중 4~5시간 자는 걸 제외하면 20시간 내내 작업만 했다. 이미 20대 후반이었기에 졸업 전시와 논문을 미룰 수 없었고, 유학 준비를 위하여 휴학할 여유는 더더욱 없었다. 건축학과는 왜 5년제인 건지 원망스러웠던 지난 날이다. 예술대에 지원할 수 있는 최소한의 토플 점수도 필요했다. 그 모든 것을 다 하기에는 절대적 시간이 부족했고, 때문에 밀물과 썰물처럼 그해 여름 나의 하루는 철저한 주기를 가지고 있었다.

아침 일찍 토플 학원, 일과 시간에는 건축 졸업 설계, 저녁이 되면 다시 영어 공부, 그리고 어둑해진 밤과 그 어둠이 희미해져 가는 새벽에는 포트폴리오 작업. 그중 새벽 러닝은 일종의 통과의례였다. 아무도 없는 새벽의 중랑천 변을 6km씩 달렸다. 그 시간을 버텨내고, 수박바를 다 먹고 나면 분명 좋은 아이디어가 떠오를 거라는 믿음이 있었다. 적어도 오늘 남은 시간, 크리에이티브한 아이디어가 떠올라 이를 표현할 수 있는 포트폴리오 작업과 토플 단어 암기를 버텨낼 힘이 생길 거라고 생각했다. 달의 인력이 바닷물을 끌어당기듯, 러닝 후 수박바는 나를 책상 앞으로 이끌었다.

어릴 적부터 수박바의 빨간 부분을 다 먹고 초록색을 남겨두는 습관이 있다. 깔끔하게 남은 초록색을 한입 베어 물었을 때의 기분이란. 상큼한 맛이 혀끝에서 터지는 순간, 나를 괴롭히던 문제들이 풀리는 기분이 든다. 정말로 며칠째 고민하던 포트폴리오의 큰 틀이 머릿속에서 완성되기도 했다. 아, 내가 이걸 생각해 내려 엊그제부터 고민했구나. 지금 당장 작업해야지. 마지막 초록 부분을 아이스크림 나무 막대와 함께 입에 쑤셔 넣고 스케치를 한다.

'아, 나의 히어로 수박바여!'

건축에서 그래픽 디자인으로 전공을 바꿔 유학을 준비한다는 건, 지도 없이 미지의 길을 걸어가는 것과 같았다. 나와 같기는커녕 비슷한 길을 걸어간 선배도 없었고, 조언을 구할 만한 사람도 없었다. 설계 수업에서 배운 공간적 사고를 어떻게 2D 디자인으로 풀어내는지, 건축적 감각을 그래픽 언어로 어떻게 번역하는지, 모든 것이 막막했다. 매일이 뿌연 안개 속에 갇혀 있는 기분이었다. 어둠 속에서 길을 잃지 않기 위해 발밑의 작은 돌멩이 하나까지도 신경 써야 하는 불안정한 하루하루였다.

그런 내게 수박바는 히어로였다. 빨간 부분을 먹으며 오늘 하루를 돌아보고, 초록색을 먹을 때 내일을 준비한다. 과거의 회고와 미래의 아이데이션을 한 번에 하게 만드는 수박바를 먹는 이 3분 남짓한 시간은 분명 특별한 의미가 있었다. 수박바의 마지막 한 입처럼, 때로는 가장 작은 것이 가장 큰 힘을 줄 때가 있다. 적어도 지금 당장을 지탱하고 버티게 해줄지도 모른다. 그것은 엄청난 보상이 아닐지라도 그저 오늘 하루를 버텨낸 나에게 주는 작은 위로이자, 오늘처럼 힘들겠지만 조금은 더 나아지지 않을까 싶은 내일을 희망하며, 불확실하지만 미래를 향해 잘 가고 있다는 조용한 믿음이었다. 그 새벽의 러닝과 애프터 수박바는 나에게 작지만 찐 행복을 가르쳐주었다.

그로부터 12년이 지났다. 지금은 더 이상 수박바를 먹지 않는다. 그때 하도 많이 먹다 보니 질려버린 거일 수도 있고, 나를 괴롭히던 토플 점수도, 포트폴리오도, 유학 준비도 모두 끝나서일지도 모른다. 어쩌면 거꾸로 수박바가 생기며 레어함에서 오는 매력도가 달아난 이유도 있을 터이다. 가끔 야근하며 작업이 잘 안 풀릴 때면 그때가 생각난다. 편의점 냉동고 안에서 뽀얀 서리를 뒤집어쓴 수박바들, 선풍기 바람을 맞으며 초록색 끝부분을 조심스레 베어물던 순간, 그리고 찾아오던 선명한 아침과 또 다른 날을 달려 나갈 준비까지.

어쩌면 나는 스스로 '수박바의 끝부분을 먹을 자격'이 있는지 묻고 있는지도 모른다. 마지막 상큼함이 주는 그 특별한 쾌감의 순간을 지금의 내가 과연 누릴 자격이 있는지 말이다. 그때처럼 열심히 살고 있는지, 그 이상의 절실함을 가졌는지 물어보는 것일 수도 있고, 이제는 그런 시간을 잘 견뎌 냈기에 안정된 삶 속에서 나름의 열심을 또 해내고 있다며 위로나 응원을 하는 것일 수도 있겠다. 자, 그럼 오늘도 요거까지는 마무리하고 자자.

달리기도
배워야 하나요?

동문회에 나온 고학번 선배들의 이야기가 떠올랐다. "석용아, 너도 30대부터는 뭐 하나만 해도 몸조심해야 해." 그 말을 들을 때마다 괜히 겁이 났다. 특히 퇴근 후 회식 자리에서 들려오는 선배들의 푸념은 더 걱정스러웠다. "젊을 때는 멀쩡한 줄 알았는데", "요즘은 병원 다니는 게 일상이야" 그런 이야기를 들을 때마다 괜히 발목이 시큰거리는 듯해 하체를 바라본다.

'내가 지금 잘못 뛰고 있는 건 아닐까? 나중에 후회하 달리기는 과연 배워야 하는 걸까? 이 질문을 처음 진지하게 한 건 누적거리 100km를 채웠을 무렵이었다. 매일 밤 꾸준히 달리다 보니 어느새 세 자릿수가 되었고, 그제야 '아, 이게 정말 내가 처음으로 가져볼 스포츠 취미가 될 수 있겠구나(일단 그 자체에 흥분이 되었다. 내가 스포츠라니!)' 하는 생각이 들었다. 동시에 묘한 불안감도 밀려왔다. 걷고 뛰는 건 태어나면서부터 자연스럽게 해온 동작인데, 이걸 굳이 '배워야' 할까? 러닝 매거진을 보면 '올바른 러닝 폼'이니, '효율적인 호흡법'이니 하는 이야기들이 가득했다. 마치 내가 지금까지 잘못 뛰고 있었다고 말하는 것처럼. 배워본 적이 없으니 당연한 마음이었다.

나도 결국 인간의 본성에 따라 하다 보니 더 잘하고 싶은 '욕심' –좀 더 잘 뛰고 싶다는 마음, 제대로 뛰고 싶다는 마음– 이 생겼다. 처음에는 그저 아침 공기를 마시며 가볍게 달리는 것만으로도 충분했는데, 어느새 '더 오래, 더 멀리, 더 빠르게'라는 생각이 머릿속에 맴돌았다. 러닝 앱의 숫자가 쌓여갈수록 더 나아지고 싶은 마음이 커졌다.

유튜브도, 인스타그램도 흔하지 않던 시절이었다. 정보

를 찾아 헤매다가 우연히 한 블로그를 발견했다. 러닝 카테고리에는 장비 리뷰부터 코스 추천까지 다양한 글이 있었다. 이미 나와는 서로 이웃 추가를 한 사이였다. 그중 눈길을 끈 건 (정확히 기억은 안 나지만) '러닝은 과학인가 예술인가'라는 아티클이었다. 망설이다가 댓글을 남겼다. "러닝 자세는 어디서 어떻게 배울 수 있나요? 제가 지금 잘못 뛰고 있는 건 아닐까요?" 몇 시간 뒤, 뜻밖의 답글을 받았다. "서울 사신다면, 괜찮으시면 직접 만나서 이야기 나눠요. 제 친구들과 함께 뛰어보시면 좋겠네요."

어느 토요일 아침, 한강공원에서 그를 만났다. 블로그 프로필 사진보다 훨씬 건장한 체격의 한 남성이 다가왔다. "혹시 석디 님?" 그렇게 우리는 한강 변을 따라 천천히 뛰기 시작했다. 그는 내 러닝 폼을 유심히 보더니 의외의 말을 했다. "결국 자전거 타는 것과 마찬가지예요. 걷고 뛰는 건 이미 몇십 년을 해왔잖아요. 나만의 뛰는 스타일이 있고, 그걸 존중해 줄 필요가 있어요."

그 말을 듣는 순간, 묘하게 안도감이 들었다. 한 바퀴 가볍게 러닝을 마친 후 그는 아스팔트 바닥에 몸을 바짝 붙인 채 내 달리는 모습을 촬영하며 친절히 설명해 주었다. "보이죠? 달릴 때 발목이 지지하는 것도 보니 이미 잘하고 계세요." 마치 나는 첫걸음을 막 끝낸 아이 같았고, 그는 아이 모습 하나하나 놓치기 아까워 연신 카메라를 눌러대는 다정한 아빠 같았다. 호흡은 조금 애매하다며, 코로 숨 쉬는 중요성도 알려줬다. 비염까지 달고 사는 '호흡 종합병원'인 나에게는 호흡법의 코칭은 큰 도움이 되었다. 선천적으로 기관지가 약했던 나는 달리기 초반에 숨이 자주 찼다. 매거진에서 소개한 리듬 호흡법을 완벽하게 따라 하진 못했지만, 그가 가르쳐준 대로 호흡을 의식하는 것만으로도 덜 힘들어졌다.

그런데 러닝 커뮤니티를 뜨겁게 달구는 '착지법' 논란은 좀 다르다. 발 앞부분으로 착지하는 포어풋^{Forefoot}, 뒤꿈치로 착지하는 리어풋^{Rearfoot}, 발의 중간 부분으로 착지하는 미드풋^{Midfoot}, 마치 종교 전쟁 같다. 포어풋은 추진력이 좋지만 종아리에 무리가 가고, 리어풋은 흔히 힐스트라이크라고 부르는데, 안정적이고 느린 페이스에서 편하다고 하지만 발이 몸보다 너무 앞에 닿는 오버스트라이드와 결합하면 무릎과 허리에 충격이 클 수 있다. 장거리에서는 피로 누적이 빠르게 온다. 마지막 미드풋이 가장 이상적이라고들 하는데, 이것도 익숙해지기까지 시간이 필요하다.

실제 트랙에 가보면 사람들은 제각각 달린다고 한다.

함께 뛴 그의 친구들만 해도 그러했다. 미세하게 뒤꿈치가 먼저 닿는 사람, 발 앞쪽으로 착지하는 사람, 발 바깥쪽이 먼저 닿는 사람, 정말 십인십색이다. 온라인에서의 치열한 논쟁과 달리, 실제 현장에서는 그 누구도 교과서적인 폼으로 달리지 않는다. 심지어 '선수인가?' 싶을 정도로 빠르게 달리는 사람조차 미세하게 변형된 자기만의 자세로 달린다.

중요한 건 발이 떨어지는 위치다. 발이 몸의 중심, 정확히는 신체 질량 중심 아래에 떨어져야 한다. 어떤 착지법을 쓰든 이 원칙만 지키면 된다. 발이 몸보다 너무 앞에 닿아서 제동이 걸리는 오버스트라이드만 피하면 어떤 착지법을 쓰든 크게 문제없다(이 역시 여기저기서 보고 배운 터라, 만인에게 완벽하게 맞는 건 아닐 수도 있다). 속도나 기록에 큰 의미를 두지 않는다면, 이런 논란에 휩싸여 에너지를 낭비할 필요가 없다. 오히려 다른 사람이 볼 때 예쁜 폼이더라도, 내게 불편한 자세일 수 있다. 내 몸에 맞는, 내게 편한 달리기 폼을 찾는 게 더 중요하다.

나는 족저근막염이 종종 찾아올 수밖에 없는 부주상골 증후군이다(이 이야기는 뒤에서 더 자세히 다루겠다). 그래서 착지법에 관심이 많다. 러닝화를 고를 때도 신발의 드롭 값

(신발 뒤꿈치와 앞꿈치 밑창의 높이 차이를 나타낸 값)을 꼭 확인한다. 처음에는 내가 선수도 아니고 뭐 이렇게까지 하나, 그냥 편한 신발 신고 뛰면 되는 거 아닌가 하며 이런 디테일한 수치들이 과하게 느껴졌지만, 내 발의 특성을 알고 나니 이해가 됐다. 그렇다고 이런 고민이 모든 러너에게 필요한 건 아니다. 전문가들의 조언처럼 굳이 느낌도 오지 않는 미드풋으로 뛰려다가 오히려 폼만 망치는 경우도 많다.

달리기는 나와의 싸움이라 하지 않던가. 달리기를 잘하려면 내 몸과의 대화가 원활해야 한다. 어깨에 힘이 들어갔는지, 발은 어디로 떨어지는지, 호흡은 편안한지, 내 몸의 움직임 하나하나를 차근차근 느끼면서 내 몸에 귀 기울이며 달리다 보면 자연스럽게 내 몸에 맞는 폼이 만들어진다. 어느새 나만의 리듬이 생긴다. 그리고 그 리듬이 가장 완벽한 러닝 폼을 구축해 준다. 결국 완벽한 정답이 없다는 것이 러닝의 매력인지도 모른다.

그의 말처럼 기본적인 원리만 알면 나머지는 몸이 알아서 찾아간다. 다만 자전거를 탈 때 헬멧을 꼭 써야 하듯 기본적인 부상 방지 수칙은 지키도록 하자. 그동안 어깨너머로 배운 소소한 러닝 팁들을 몇 개 공유한다.

 스트레칭은 러닝 전후 모두 중요한데, 러닝 후 스트레칭을 소홀히 하면 다음 날 엄청난 근육통이 찾아온다. 대퇴사두근(허벅지 앞쪽), 햄스트링(허벅지 뒤쪽), 장딴지 스트레칭은 기본이고, 특히 아킬레스건 스트레칭은 꼭 하길 바란다. 한 동작당 15~20초 정도 자세를 유지하는 게 좋고, 단순히 구부렸다 펴는 게 아니라 근육이 이완되는 느낌이 들 때까지 천천히 스트레칭한다. 절대 튕기듯이 하면 안 된다. 몇 번 게을러서 안 하고 자고 났더니 다음 날 다리가 바짝바짝 굳어서 계단 내려가기도 힘들었던 적이 있다.

 선천적으로 기관지가 약한 나는 호흡을 유난히 신경 쓴다. 처음부터 너무 복잡한 호흡법을 시도하지 않아도 된다. 코로 깊이 들이마시고 입으로 천천히 내쉬는 것부터 시작한다. 페이스에 따라 호흡 리듬이 달라지는데, 천천히 달릴 때는 3:2(들이마시기 3걸음, 내쉬기 2걸음)로, 빠르게 달릴 때는 2:1로 호흡한다(부끄럽지만 나는 이를 의식하며 한 적은 거의 없다). 러닝을 처음 시작할 때 알아두고 의식하면서 해보면 좋다. 오르막을 오를 때는 호흡이 가빠지기 쉬운데, 이때는 의식적으로 호흡을 깊게 하려고 해야 한다. 처음에는 이런 리듬 호흡이 어색하고 걸음걸이에 맞춰 호흡을 신

경 쓰다 보면 오히려 더 숨이 차는 것 같기도 하지만, 익숙
해지면 확실히 덜 힘들어진다.

겨울철 보온 겨울철 러닝에는 체온 유지가 핵심이다. 춥다
고 패딩을 입기보다는 얇은 옷을 여러 겹 레이어링 하는 게
중요하다. 안쪽부터 기능성 베이스 레이어, 긴팔 러닝티,
바람막이 점퍼 순으로 입는다. 뛰다 보면 체온이 올라가기
때문에 한 겹씩 벗을 수 있어야 한다. 귀와 손목, 발목은 체
온이 쉽게 빠져나가는 부위라 신경 써서 보온한다. 귀마개
나 넥워머(혹은 모자)는 필수다. 러닝 중에는 손바닥에서 열
이 많이 나기 때문에 장갑은 너무 두껍지 않은 것으로 고른
다. 기온이 영하로 떨어지는 날에는 바람막이 안에 입는 옷
의 보온성을 높이는 게 좋다.

러닝화 장비 빨을 믿지는 않지만, 러닝화만큼은 투자할 가
치가 있다고 생각한다. 발볼의 넓이, 아치의 높이, 착지 습
관(무게중심이 발 앞쪽인지 뒤쪽인지)을 고려해서 골라야 한
다. 특히 힐-투-토 드롭(뒤꿈치와 앞꿈치의 높이 차이)은 중
요하다. 보통 8~10mm가 표준이지만, 착지 습관에 따라 조
절이 필요하다. 러닝화는 일반 운동화보다 반 사이즈 크게

신는 게 좋다. 러닝할 때는 발이 약간 부어오르기 때문이다. 가장 좋은 것은 슈피팅 서비스(발 및 달리기 패턴 분석 등)를 받아보거나, 매장에 가면 추천해 주는 프로그램을 이용하면 좋다(일부 나이키, 뉴발란스, 호카 등의 매장에서 서비스를 제공한다).

러닝화에 따라 차이가 있지만, 누적거리 500~800km가 되면 러닝화를 교체하는 게 좋다. 겉으로 보기에는 멀쩡해도 쿠셔닝은 줄기 때문이다. 처음에는 '다 장사하려는 마케팅이야'라는 생각에 무시했는데, 나중에 종아리가 아파서 병원까지 갔었다. 러닝을 한다고 하니 의사 선생님이 "신발 언제 바꾸셨어요?"라고 물었다. 이제 나는 러닝화에 돈을 아끼지 않는다.

컨디션 관리 모든 운동이 그렇지만, 러닝도 뛰는 게 다가 아니다. 수면, 식사, 휴식 모두를 고려해야 한다. 아침 러닝을 한다면 전날 저녁은 가볍게 먹고, 7시간 이상 숙면을 취하는 게 좋다. 러닝 2시간 전에는 간단한 식사를 하고, 30분 전에는 200~300ml 정도의 물을 마신다. 컨디션이 안 좋으면 과감히 쉰다. 감기 기운이 있을 때는 절대 무리하지 않는다. 기관지가 약한 나는 이것만은 꼭 지킨다. 하루 쉬어도 괜찮다. 무리했다가 회복이 늦어지면 일주일을 쉬어야 할 수도 있다. 장거리를 뛸 계획이라면 러닝 전날 과음은 절대 금물이다. 알코올은 탈수를 일으키고 근육 회복을 방해한다.

러닝 직후에는 물뿐만 아니라 전해질 음료를 함께 섭취해 주는 게 좋다. 또한 단백질 섭취는 근육 회복에 도움이 된다. 나는 삶은 달걀 한 개나 프로틴 쉐이크를 마신다. 처음에는 갈증 해소를 위해 그냥 물만 마시고 끝냈는데, 회복 속도가 너무 느려서 찾아보니 러닝 후 무엇을 먹는지도 중요하다고 한다.

어떻게 보면 너무 기본적인 것들이라 생각하겠지만, 이 기본들이 쌓여서 11년의 러닝이 가능했다. 러닝은 '꾸준함'이다. 꾸준히 뛰는 것, 매일 뛰는 것. 화려한 기술이나 특별한 비결은 없다. (이런 노하우를 말할 실력도, 전문가도 아니지만) 그럼에도 공유하고 싶은 것은 꾸준함의 미덕을 최소한의 조심성과 함께 믿어 보자는 것이다.

이토록
평등한 취미라니

러닝을 시작한 지 한 달쯤 지났을 때였다. 한강공원을 달리다가 문득 비현실적인 생각이 들었다. 만약 외계인이 하늘에서 이 광경을 내려다본다면 어떻게 생각할까? 시키지도 않은 뛰는 노동을 부지런히 하고 있는 수십 명의 인간들이라니. 어떤 이는 숨을 헐떡이면서도 멈추지 않고, 어떤 이는 여유롭게 발걸음을 옮기고, 또 어떤 이는 마치 무언가에 쫓기는 듯 빠르게 지나쳐 간다. 분명 기괴하면서도 웃기고, 동시에 묘하게 어이없는 풍경이다.

지상에서 그 기괴한 짓을 하고 있는 내 시야에 뛰는 노동을 하는 사람들이 여럿 들어온다. 나를 빠르게 지나쳐 달리는 러너는 마치 다른 세계의 존재 같았고, 뒤에서 천천히 따라오는 사람은 여유롭기 그지없어 보였다. 나는 그 사이 어딘가에서 어정쩡하게 헉헉거리고 있다. 러닝 앱을 켜놓고 달리기 시작한 이후로는 더 심해졌다. 다른 사람들의 속도와 나를 비교하지 않으려 해도 앱이 친절하게 알려준다. 5km/라는 숫자가 시험 점수처럼 느껴졌다.

SNS 속 러닝 크루들을 보면 퇴근 후 뛰는 데도 얼굴에는 활기가 넘치고, 10km를 뛰고도 머리 한 올 흐트러지지 않고 서로 기분 좋은 에너지를 공유한다. 심지어 땀도 예쁘게 맺혀 있다. 신발부터 모자까지 깔맞춤하여 뛰는 사진들을 보면 마치 화보 같다. 지구에 잠깐 놀러 와 러닝 체험을 하는 외계인은 아닐지 의심이 든다. 그에 비해 내 모습은 어떤가. 학교 축제에서 받은 면 티셔츠를 입고 동네 한 바퀴 도는 수준이다. 어디 급한 일이 생겨서 뛰어가는 사람 같다.

누군가 그랬다. SNS에서 보이는 거짓 행복에 속지 말라고. 굳이 스스로 자신을 초라하게 만들 필요는 없다. 필터를 벗겨내고 보면 퇴근 후 한강의 풍경은 SNS 속 모습과는 사뭇 다르다. 회사 로고가 박힌 후드티를 입고 뛰는 직장인, 대학교 과잠을 입은 학생, 심지어 슬리퍼를 신고 가볍게 조깅하는 아저씨까지 다들 제각각이다. 비싼 러닝화에 완벽한 러닝복을 풀 창작한 사람만이 뛰는 게 아니다.

무엇보다 모두 똑같은 조건에서 달리고 있다. 같은 아스팔트 위에서, 같은 공기를 마시며, 같은 밤을 맞이한다. SNS에서 보던 완벽한 러너도, 나처럼 평범한 차림의 러너도, 결국 모두 한 발 한 발 앞으로 나아가고 있을 뿐이다. 빠르든 느리든, 멋있든 평범하든, 우리는 모두 '달리는 사람'이라는 점에서 동등하다. 어느새 나를 앞서가는 러너를 향한 시선도 달라진다. 한때는 '저 사람보다 더 빨리 달려야지'라는 생각도 들었는데, 이제는 크게 신경 쓰지 않는다.

그러고 보면 이토록 평등한 스포츠가 있을까 싶다. 매일 10km를 뛰던 사람도 감기에 걸리면 1km도 힘들어한다. 아무리 비싼 러닝화를 신어도 컨디션이 좋지 않으면 그만이다. 몸이 보내는 신호는 누구에게나 똑같이 정직하다. 부상도, 슬럼프도 모두에게 평등하게 찾아온다. 무리하면 부상이 오고, 너무 열심히 하면 슬럼프가 온다. 베테랑이든 초보자든, 몸의 한계를 무시하면 똑같이 대가를 치러야 한다. 비싼 러닝화에, 완벽한 폼으로 뛴다 한들 자만하거나 몸의 신호를 무시하면 누구나 예외 없이 휴식을 강요받는다. 처음의 열정이 식는 건 어찌 보면 당연한 거고, 의욕만큼 몸이 매번 따라줄 수 있는 것도 아니다. 그렇다고 해서 오늘의 나쁜(?) 기록이 내일의 기록을 결정짓지 않는다. 정직하게 쌓아온 마일리지만이 작용할 뿐이다.

날씨도 모든 러너에게 평등하다. 한여름 땡볕도 살을 에는 칼바람도 심지어 장대비까지 베테랑 마라토너든 초보 조깅러든 날씨 앞에서는 모두 같은 조건이다. 뛰느냐 마느냐는 각자의 몫이다. 나는 겨울 새벽 러닝을 하면서 확실히 깨달았다. 영하 10도의 차가운 공기는 나이도, 실력도, 러닝화 브랜드도 구분하지 않았다. 모두에게 똑같이 매서웠다. 이상하게도 (혹은 이기적이게도) 그런 순간에 묘한 위안을 느낀다.

'아, 나만 힘든 게 아니구나.'

러닝하는 사람들 사이에서는 그런 말도 있다. 여름 러닝은 가을에 빛을 보고 겨울 러닝은 봄에 빛을 본다고. 여름이나 겨울에 뛰면 기온 때문에 누구든 제 기량을 발휘하기 힘들다. 숨이 더 차고 체력이 더 소모된다. 혹 이 시즌에 내 기대보다 못 뛰는 것 같아도 좌절하지 말자. 선선한 가을과 따뜻한 봄이 오는 시기가 되면 갑자기 기량이 늘어있는 나를 마주하게 될 테니. 러닝만큼 정직한 운동은 없다.

재미있는 건 서로의 속도를 존중한다는 거다. 천천히 뛰어도 눈치 주지 않고, 누군가 빨리 뛴다고 해서 자격지심을 느낄 필요도 없다. 빠른 차선과 느린 차선의 구분도 없다. 모두가 자신만의 페이스로 달린다. 마치 각자에게 맞춰진 서로 다른 시계를 가지고 있는 것처럼.

러닝은 심지어 아름답기까지 하다(러닝에 대한 나의 이 엄청난 찬양을 잠시 참아주길 부탁드린다). 모든 러너가 같은 출발선에서 시작한다. 처음 뛸 때는 대부분 5분도 채 뛰기 힘들어한다. 마라톤 완주메달을 수십 개 모은 베테랑도, 울트라 마라톤을 뛰는 사람도, 처음에는 1km도 버거웠을 거다. 골프처럼 핸디캡도 없고, 태권도처럼 단증도 없다. 그냥 어제의 나보다 조금 더 멀리, 조금 더 오래 뛸 수 있으면 그만이다.

누군가에게는 5km가 마라톤 완주보다 더 큰 도전일 수 있다. 처음으로 30분을 쉬지 않고 달린 날의 기쁨은 서브스리(3시간 내 마라톤 풀코스 완주)를 달성한 날의 기쁨과 맞먹을지도 모른다. 각자의 목표가 다르고, 각자의 도전이 다르지만, 도전의 가치만은 동등하다. 마라톤 대회만 봐도 그렇다. 엘리트 선수들이 2시간 10분대로 골인할 때 맨 마지막 완주자는 6시간 넘게 달린다. 하지만 골인 지점에서 받는 박수는 똑같다. 오히려 우리는 마지막 완주자에게 더 큰 박수를 보낸다.

세상의 많은 것들이 우리를 서열화하고 등급을 매기려 하지만, 적어도 러닝에서만큼은 그런 게 없다. 학벌이나 배경, 타고난 재능으로 승부를 가르는 게 아니라, 오직 맨몸으로 노력과 끈기를 더해 한 걸음씩 나아가는 것. 그저 자신과의 싸움이고, 시간과의 대화다. 누군가는 이것을 고독하다고 하지만, 나는 오히려 자유롭다고 생각한다. 현시대에서 남과 비교하지 않아도 되는 자유, 오직 나만의 속도로 달릴 수 있는 자유 말이다. 새벽 2시의 한강은 직함도, 나이도, 지위도 없다. 모두 동등한 러너일 뿐이다.

러닝이 이렇게 평등한 스포츠라는 걸 깨달은 건, 어쩌면 내가 조금 더 러닝이라는 개념에 편안해지고 성숙해진 증거일지도 모른다. 처음에는 남과 비교하며 더 잘 달려 보겠다고 욕심도 내봤지만, 이제는 안다. 동일한 출발선에서 시작해 마지막 결승점을 향해가는 그 모든 여정은 내가 결정한다는 것. 누군가는 보스턴 마라톤을 꿈꾸고, 누군가는 동네 한 바퀴를 완주하는 게 목표일 수 있다. 값비싼 장비도, 특별한 재능도, 화려한 기술도 필요 없다. 그저 한 걸음 한 걸음 앞으로 나아가는 의지만 있으면 된다. 적어도 달리는 순간만큼은 우리 모두 같은 하늘 아래, 같은 길 위에서 같은 숨을 고르며 달리는 평등한 존재인 것이다. 그 속에서 각자만의 이야기를 써 내려가면 된다. 러닝은 그래서 재미있고 아름답다.

발등에 피가 나도
뛰는 이유

2014년 4월의 어느 저녁이었다. 청계천 러닝 코스 반환점을 돌고, 5.5km 지점에서 이상한 느낌이 들었다. 발등이 뜨끔했다. 새로 산 러닝화가 발과 미묘한 다툼을 벌이고 있었다. 매장에서 신어볼 때는 편안했는데, 막상 아스팔트 위를 뛰어보니 발등 부분이 조금씩 조여왔다.

그렇다고 멈출 수 없었다. 목표로 한 7km까지는 아직 1km도 더 남았다. 정확하게는 1km하고도 70m다. 나는 7km가 아닌 7.07km를 뛰는 사람이다. 뭔가 100%에서 1%를 더하지 않으면, 즉 엑스트라 마일을 하지 않으면 준비하던 내 작업(졸업 전시, 유학 등)이 모두 덜 완성될 것만 같은, 이상하리만치 숫자에 집착했다.

10년이 지난 지금도 이 집착은 여전하다. 어제는 9.09km를 뛰었고, 그제는 10.10km를 뛰었다. 청계천을 달리면서도, 한강을 달리면서도 변하지 않는 것이 하나 있다면 바로 이 소수점 이하 숫자들이다. 주변 사람들은 "귀엽긴 한데 좀 무서워"라고 말하지만, 이제는 집착과 습관을 넘어 내 정체성이 되어버렸다.

그날도 마찬가지였다. 발등의 통증이 점점 심해졌지만, 뛰는 걸 멈출 수 없었다. 6.94km, 6.98km, 7.01km… 숫자가 올라갈 때마다 커지는 통증보다 완수에 대한 집념이 더 강하게 작동했다. 그것은 단순한 고집이나 승부욕이 아니다. 오히려 일종의 의식에 가깝다. 정확한 숫자를 향해 가는 과정은 마치 수도자가 염주를 세는 것과 비슷하다. 한 발 한 발 내디딜 때마다 세상의 불확실성은 조금씩 지워지고, 그 자리에 선명한 확신이 자리 잡는다.

실제로 그 시기 내 삶은 온통 불확실성투성이였다. 유학 준비 과정에서 매일 마주하는 건 "잘 모르겠다"는 답변 뿐이었다. 포트폴리오가 괜찮은지, 연구계획서가 매력적인지, 영어 점수가 충분한지, 그 어느 것도 확실하지 않았다. 교수님들의 피드백은 늘 모호했다. "좀 더 발전시켜 보세요", "뭔가 1% 부족해요(실제로 내가 작품 평가에서 교수님께 들은 피드백이다. 1%의 집착이 시작된 시점일 수도 있겠다)", "더 임팩트가 필요해요" 도대체 그 1%가 뭔지, 어떻게 하면 임팩트가 생기는지 도통 알 수 없었다.

하지만 러닝만큼은 달랐다. 내가 계획한 대로, 내가 정한 숫자대로 정확히 이뤄낼 수 있다. 7.07km를 뛰겠다고 마음먹으면 정확히 7.07km를 완주할 수 있었다. 그 확실성이 주는 안정감은 상상 이상이다. 오늘 내가 목표한 바를 101%를 수행할 때 뭐든 해낼 수 있을 것 같은 든든함, 세상 모든 것이 흔들려도 이 하나만은 변하지 않는다는 믿음이 주는 평온함이랄까.

어떤 이들은 이런 나의 태도를 '강박'이라고 부를지도 모른다. 왜 굳이 0.07km를 더 뛰느냐고 물을 수도 있다. 강박과 집념의 차이는 무엇일까? 강박은 불안에서 시작된다. 물론 나의 첫 101%도 불안에서 시작했다. 해내야만 이룰 수 있다는 불안감이 나를 '1% 더'로 몰아붙였다. 하지만 그 짧은 시기를 지나고 나면 플러스 된 1%는 불안이 아닌 확신에서 생겨난다. 강박은 '하지 않으면 큰일이 날 것 같은' 두려움이지만, 101%는 '하면 더 나아질 것'이라는 믿음이다.

무엇보다 101%라는 숫자에는 특별한 의미가 있다. 100%가 기대치를 충족한 것이라면, 101%는 기대치를 넘어선 것이다. 그 1%의 차이가 만드는 심리적 효과는 엄청나다. 100%를 달성했을 때와 101%를 달성했을 때의 기분은 완전히 다르다. 전자는 '해냈다'는 안도감이라면, 후자는 '이겼다'는 성취감이다.

심리학자 미하이 칙센트미하이^{Mihaly Csikszentmihalyi}가 말한 '몰입' 상태가 바로 이런 순간이 아닐까 싶다. 그는 예술가들이 음식이나 수면의 기본적 욕구까지 무시하며 작업에 몰입하는 현상을 관찰했다. 명확한 목표, 즉각적인 피드백, 그리고 자신의 기량에 맞는 적절한 도전이 결합할 때 사람은 완전한 몰입 상태에 빠진다고 한다. 내가 7.07km라는 구체적 목표를 향해 달릴 때, 러닝 앱에서 실시간으로 보여주는 거리와 페이스라는 즉각적 피드백을 받을 때, 그리고 아프지만 충분히 극복할 수 있는 도전에 직면할 때, 이 모든 조건이 완벽하게 갖춰진다. 그 순간 나는 발등의 통증조차 잊고 오로지 그 숫자를 향해서만 달릴 수 있게 된다.

이런 분석을 하다 보니 문득 의문이 든다. 과연 내가 진정한 몰입 상태에 있었던 걸까? 칙센트미하이는 온전한 몰입을 위해서는 어떠한 사심도 끼어들어서는 안 된다고 했다. 그 활동 자체가 좋아서, 순수하게 그 과정을 즐기기 위해서 하는 것이어야 한다는 것이다. 그런데 내가 101%를 고집하는 이유를 되돌아보면, 순수한 즐거움이라기보다는 일종의 '목표 달성'에 가깝다. 불확실한 일상에서 확실한 성취감을 얻고 싶다는 욕망, 1% 더 해냈다는 안도감, 완벽하게 통제할 수 있는 영역을 확보하고 싶다는 의지. 어쩌면 몰입의 가장 큰 장애물은 나 자신일지도 모른다. 순수한 몰입을 가로막는 건 다름 아닌 나의 욕망이었다.

몰입을 가로막은 대가일까? 발등의 통증이 더 심해졌다. 흰색 러닝화에 작은 붉은 점이 번져갔다. 그리스 신화에 나오는 끝없이 바위를 산꼭대기로 밀어 올리는 시시포스처럼 나는 계속 달렸다. 나는 그의 마음을 이해한다. 정상에 바위를 올리는 그 짧은 순간의 성취감, 다시 내려와 바위를 마주하는 순간의 담담함, 그리고 다시 시작할 수 있다는 흔들리지 않는 의지. 작가 알베르 카뮈가 말했듯이 시시포스는 그 반복 속에서 자신만의 의미를 발견했을 것이다. 언뜻 보면 무의미해 보이는 이 반복적인 행위에서 말이다. 그와 내가 다른 건 시시포스의 바위는 정상에 도달하면 다시 굴러떨어지지만, 나의 러닝은 조금씩 축적된다. 작

은 0.07km가 백 번 쌓이면 7km가 되고, 천 번이면 70km가
된다.

시시포스가 자신의 바위를 사랑했듯이, 아니 적어도 그
바위를 밀어 올리는 자신을 받아들였듯이, 나도 이 끝없는
반복을 사랑한다. 정상에서 다시 굴러떨어질 것을 알면서
도 오늘도 그 길을 기꺼이 달린다. 드디어 7.05km, 이제 거
의 다 왔다. 발등의 통증이 절정에 달했지만, 마지막 20m를
포기할 수는 없다. 바로 그 순간이야말로 진짜 러닝이 시작
되는 지점이기 때문이다. 힘들어 포기하고 싶을 때 계속 달
리는 것, 그것이야말로 진정한 러닝이다.

흰색 러닝화는 결국 한 달 만에 교체했다. 한 달씩이나
신은 건가 싶겠지만, 그 한 번으로 신발을 탓할 수 없으니
아팠던 발등 부분을 늘려보고, 끈을 조절해 보는 등 몇 번
의 기회를 더 주었다. 하나 내 것이 아니었던 것인지 이런
노력에도 나아지지 않았다. 그래도 러닝화가 준 에피소드
는 꽤 강렬했으니 아깝지 않다. 요즘도 러닝을 할 때면 가

끔 그날 밤이 떠오른다. 발등에서 피가 나면서도 마지막 0.07km를 더 나아갔던 그 순간을, 세상의 모든 불확실성 속에서도 변하지 않는 하나의 확신을 발견했던 그 밤을 말이다.

이런 나의 집착은 나의 정체성이 되어 삶 전반에 뿌리내려 있다. 유학 준비를 할 때도, 포트폴리오를 만들 때도, 영어 공부를 할 때도 나는 늘 101%를 목표로 했다. 토플 점수 100점이 목표라면 101점을, 포트폴리오 20페이지가 기준이라면 21페이지를 준비했다. 글을 쓰는 오늘 아침에도 찬물 샤워를 목표한 30초가 아닌 33초를 버텨냈다.

어쩌면 우리는 모두 각자의 '마지막 0.07km'를 향해 달리고 있는지도 모른다. 누군가는 그것을 완벽주의라고 부르고, 또 누군가는 강박이라고 부르겠지만, 나는 안다. 이것은 단순한 숫자가 아닌, 하나의 태도이자 철학이라는 것을. 새 러닝화가 만든 상처는 금세 아물었지만, 그날 저녁 7.07km를 완주했다는 사실은 10년이 지난 지금까지도 선명하게 남아있다. 이것이야말로 진정한 의미의 끈기가 아닐까. 변화하는 모든 것들 속에서도 변함없이 지켜내는 자신만의 기준. 매일 밤 나는 나만의 바위를 밀어 올린다. 발등에 피가 나도, 무릎이 시큰거려도, 비가 내려도 7km가 아닌 7.07km를 향해.

몇 달 후 유학 지원 결과가 나왔다. 원하던 학교에 모두 합격했다. 101% 러닝 때문에 합격한 건 아니겠지만 그 작은 성취들이 쌓여 만든 자신감이 없었다면 마지막 결승선을 들어가지 못했을 것이다.

10km

5km   21.0975km   42.195km

마음만은
대한민국 국가대표

낯선 도시와
친해지는 법

밤 10시 15분, 런던 히스로 공항에 내렸다. 기내에서 미리 작성해 두어야 했을 랜딩카드를 쓰느라 입국 심사 줄에서 두 번이나 뒤로 밀려났다. "Pardon?"을 연발하며 다시 줄을 서는 동안, 학교에서 보내준 인도인 택시 기사는 듣도 보도 못한 언어로 불만을 토했다. 그의 말은 알아듣지 못했지만, 충분히 읽을 수 있었다. '아, 이 동양인 때문에 오늘 야근이 더 길어지겠구나.'

런던으로 최종 학교를 선택하고 부랴부랴 보게 된 BBC 드라마 〈셜록〉으로 공부한 영국식 발음은 입국 심사대부터 무용지물이 되었다. 그나마 알아들을 수 있었던 건 택시에서 흘러나오는 BBC 라디오4의 광고 정도였다. "더 정확한 일기예보는 BBC 웨더에서…" 이런 뻔한 문장을 알아들었을 뿐인데 촌스럽게 기뻤다.

도착한 기숙사의 야간 당직자는 빠른 걸음으로 건물을 안내했다. "이쪽이 주방, 저쪽이 세탁실" 그의 사투리는 내 머릿속을 더욱 혼란스럽게 만들었다(인도 억양이 섞인 듯했다). '이렇게 2년을 어떻게 살지?' 방에 도착해서야 정적이 찾아왔다. 캐리어를 풀다 말고 창밖을 내다보니 낯선 도시의 밤거리가 펼쳐졌다. 멀리 런던아이가 작은 크리스마스트리처럼 반짝였다.

캐리어를 열자 한국에서 가져온 물건들이 나를 반겼다. 러닝화, 담요, 잠옷…. 별것 아니지만, 하루 종일 쌓였던 서러움이 폭발해 눈시울이 뜨거워졌다. 내 이름을 제대로 발음하는 사람 하나 없었던, 내가 무슨 말을 하면 두 번씩 되묻던 오늘, 모든 게 낯설고 어색해서 어깨가 잔뜩 굳어있던 몸이 익숙한 물건들을 만지자 조금씩 풀어졌다.

나에게만 불친절한 것 같은 런던에 도착한 지 이틀 차, 첫 주말을 맞이했다. 아직 시차 적응이 안 되어 이른 아침부터 러닝화 끈을 묶었다. 서울에서 한 달 용돈을 털어 산 러닝화다. 러닝화를 신고 기숙사를 나서는데, 히스로 공항에 도착했을 때와는 다른 안도감이 들었다. 어제의 의기소침한 나는 어느새 사라지고, 이 신발을 신고 뛰는 동안만큼은 런던에서도 잘 살아낼 것 같은 왠지 모를 자신감이 올라왔다.

기숙사에서 템스강까지는 걸어서 7분 거리다. 서울의 한강보다 훨씬 작은 강이지만, 안개가 자욱한 강변에는 이미 여러 명의 러너가 뛰고 있었다. 그들은 각자의 방식으로, 각자의 속도로, 아무도 서두르는 이 없이 마치 오래전부터 정해진 의식을 치르듯 조용하고 규칙적으로 움직였다. 나도 꽤 이른 시간에 나왔다고 생각했는데, 템스강의 하루는 이미 시작되고 있었다.

템스강의 풍경은 여느 도시 강변과 비슷하다. 강 위에 떠 있는 보트는 일사불란하게 움직이는 노의 리듬에 맞춰 물 위에 작은 소용돌이를 만들어냈고, 강 주변에는 곳곳에 있는 벤치에 앉아 무심히 강을 바라보거나, 명상하듯 눈을 감고 있는 사람들이 있었다. 그 풍경들 사이로 뛰고 있노라면 왠지 모를 평온함이 들었다. 낯선 땅에 홀로 떨어져 서글펐던 나에게 위안이 되었다. 아무것도 증명할 필요 없고, 누구에게 설명할 필요도 없다. 그 순간만큼은 나도 이 도시의 아침 의식에 참여한 한 사람으로서 더는 낯선 이방인이 아니었다. 런던이 처음으로 좋아졌다.

런던에서의 적응은 생각보다 더 고단했다. 말로만 듣던 인종차별이 보이지 않는 곳에서 작게 그리고 꽤 자주 다가왔다. 당시 아시안이라는 것은 때로는 보이지 않는 벽이 되었다. 상점에서 카드를 내밀 때 의심스러운 눈빛, 버스에서 옆에 앉으려 할 때의 은근한 거부감, 친구들과 간 펍에서 내가 주문할 때만 들리는 짧은 한숨. 한 번만 겪어도 '매일 항상' 겪고 있다는 착각을 만들며 트라우마를 만들었다. 가끔 화를 내보기도 하고 항의도 해봤지만, 대부분은 그저 삼켰다. 어쩔 수 없다고, 이곳의 방식이라고 스스로를 달랬다.

그런 날들이 쌓일 때면 달리러 나갔다. 하루의 작은 상처들이 누적되어 가슴 한구석이 답답해질 때, 한껏 뛰고 온 몸이 땀으로 범벅이 되면 정신적 스트레스 해소뿐 아니라 육체적으로도 개운함이 들었다. 달리는 동안만큼은 아무도 내게 영어를 묻지 않았고, 내가 어디서 왔는지 궁금해하지 않았다. 그저 런던을 달리는 한 명의 러너일 뿐이었다. 달릴 때만큼은 이 도시의 일원이 된 것 같은 소속감이 든다.

한번은 갑자기 몰아친 폭우 속에서 달리다가 우산을 든 행인과 마주쳤는데, 그가 내게 큰 소리로 외쳤다. "The real London experience!" 그러고는 엄지를 들어 보였다. 영국 사람들은 비가 와도 우산을 잘 쓰지 않는다고 했는데, 정말이지 가볍게 비가 오는 날이면 뛰는 사람이 유독 더 많았다. 비에 젖은 머리카락을 신경 쓰지 않고, 젖은 신발 소리를 개의치 않으며 달렸다. 가끔 지나가는 러너와 눈이 마주치면 서로 빙긋 웃어 보이기도 했다. 마치 '우리 둘 다 미쳤지만 그래도 재밌지 않냐'는 공감대가 있는 것처럼. 그날 이후 비 오는 날의 러닝이 더 즐거워졌다. 한국에서라면 비라도 맞으면 감기 걸린다고, 옷이 젖으면 곤란하다고, 온갖 이유를 대며 집 안에만 있었을 텐데 말이다.

런던에는 뛰기 좋은 장소들이 많다. 그중 내가 좋아하는 배터시 공원의 공기는 독특하다. 아침이면 안개와 함께 찾아오는 축축한 공기, 잔디 내음과 바로 옆 템스강의 냄새가 섞인 그 강가 공기는 서울의 공기와는 또 다르다. 마치 오래된 도서관의 공기 같기도 하고, 때로는 버려진 창고의 공기 같기도 하다. 아침 7시쯤, 아직 도시가 깨어나기 전의 공기가 가장 인상적이다. 그 시간의 런던은 마치 잠든 고양이처럼 고요하고, 안개는 도시 위에 덮인 담요 같다.

이상하게도 런던 늦가을의 촉촉한 공기는 내게 최적이었다. 폐 속 깊이 숨을 들이마실 때마다 몸이 가벼워지는 기분이 든다. 서울의 건조하고 차가운 공기와는 전혀 다르다. 마치 뽀송한 구름 속을 달리는 것 같은 느낌이랄까. 간혹 안개가 짙어 앞사람의 실루엣만 보이는 날도 있는데, 마치 미지의 세계에 들어온 듯 비현실적이고도 신비하다.

배터시 공원에서는 매주 토요일 아침 9시 '파크런parkrun'이라는 행사가 열린다. 5km를 함께 뛰는 누구나 참여할 수 있는 러닝 이벤트다. 배터시 공원을 자주 뛰지만, 참여할 용기가 나지 않았다. "I know 불고기. I love PSY!"를 듣고 싶지 않았다. 여느 때와 마찬가지로 파크런 무리를 지나쳐 홀로 뛰고 있는데, 그곳에서 가끔 나와 마주치던 러너 한 명이 "Come join us!"라며 손짓을 했다. 그간 용기가 나지 않아 주저하던 나는 그렇게 얼떨결에 그들 사이를 뛰게 되었다.

출발선에 서서 주변을 둘러보니 나와 비슷한 러닝복을 입은 사람들이 눈에 들어왔다. 누구도 내가 어디서 왔는지, 왜 여기 있는지 묻지 않았다. 그저 같은 거리를 함께 뛰려는 사람들일 뿐이었다. 몇 달 전 히스로 공항에서 랜딩카드를 쓰느라 허둥대던 그 사람이, 이제는 런던의 주말 러닝

행사에 자연스럽게 참여하고 있다는 게 믿기지 않았다. 달리면서 주변 사람들과 자연스럽게 속도를 맞추고, 가끔 미소를 주고받을 때마다 가슴 한편이 따뜻해졌다.

서울의 러너들이 기록을 위해 달린다면, 이곳의 러너들은 마치 오래된 의식을 치르듯 달린다. 스마트워치 대신 하늘을 보고, 이어폰 대신 함께 뛰는 사람들과 대화한다. 서울에서는 러닝이 목표를 향해 달려가는 과정이었다면, 런던에서의 러닝은 그 자체가 목적인 듯했다. 마치 하루에 짬을 내어 꼭 홍차를 마시는 것처럼 여유롭고 의식적이다.

런던에서 자주 뛰다 보니 나만의 코스들이 생겼다. 웨스트민스터 브리지 코스는 한강의 반포대교처럼 화려하지는 않지만, 오래된 역사가 묻어난다. 다리를 건널 때마다 발 아래로 전해지는 진동이 마치 런던의 심장 소리 같다. 관광객들 사이를 비집고 달릴 때면 나도 잠시 이 도시의 로컬이 된 기분이 든다. 빅벤을 배경으로 사진을 찍는 사람들 사이로, 검은 캡을 쓴 런던 택시들 사이로, 붉은 이층 버스들 사이로 달린다.

런던의 거리는 서울의 직선적이고 넓은 도로와 달리, 구불구불하고 좁다. 마치 중세 시대의 길 위에 현대적인 아스팔트를 덧씌운 것 같다. 그래서 달리다 보면 예상치 못한 곳에서 갑자기 나타나는 풍경들이 있다. 코너를 돌면 보이는 처음 보는 작은 교회, 골목 끝에서 만나는 조그만 광장, 담쟁이덩굴로 뒤덮인 빅토리아 시대 건물들. 마치 도시 전체가 하나의 미로이면서 동시에 박물관인 것 같다.

가장 인상적이며 좋았던 건 런던 사람들의 무심함이다. 런던에서는 아무도 러너를 신경 쓰지 않는다. 정장을 입고 급하게 걸어가는 직장인, 지도를 펼쳐 든 관광객, 개를 산책시키는 할머니 곁으로 달려도 아무도 고개를 돌리지 않는다. 그들에게 러닝은 너무나 자연스러운 일상이다. 처음에는 사람들 사이를 달릴 때면 미안해하며 "Sorry"를 연발했지만, 나도 점점 도심 러닝이 자연스러워졌다.

런던의 계절은 빠르게 변한다. 배터시 공원 길의 가로수들이 그 변화를 가장 정확하게 알려준다. 11월이 되자 마지막 남은 잎사귀들이 떨어졌고, 12월의 앙상한 가지에는 크리스마스 조명이 걸린다. 새해가 되고 1월의 끝자락이 오면 아직 잎은 없지만 가지 끝에 작은 봉오리들이 맺히기 시작한다.

어느 토요일 아침, 여느 때와 같이 파크런을 마치고 단골 카페에 들렀다. 평소처럼 얼그레이 티를 주문하는데, 바리스타가 내 이름을 기억하고 있었다. "The usual, right?" 그러고 보니 이제는 익숙해진 것들이 많아졌다. 작지만 도톰한 파운드 동전의 무게도, 우산을 항상 갖고 다니는 습관도, 날씨 이야기로 시작하는 스몰토크도, 무엇보다 아침마다 찾아오는 템스강의 안개도.

유학 중 런던에 관광으로 놀러 온 친구가 물었다. "날씨 때문에 우울하지 않아?" 사실 런던의 날씨는 생각보다 변화무쌍하다. 하루이틀에 한 번씩 비가 갑자기 자주 오지만, 대부분 한 시간 정도면 멈추고 언제 그랬냐는 듯이 해가 뜬다. 흔히 사람들이 생각하는 것보다 일조량이 많다. 물론 겨울은 다르다. 오후 3시면 해가 져서 어둑어둑해진다. 하지만 그런 환경이 오히려 해가 있는 낮을 더 소중하게 느끼게 한다. 맑은 날이면 마치 축제라도 하듯 사람들이 밖으로 쏟아져 나온다.

맑은 날 템스강을 달리면 완전히 또 다른 도시 같다. 평소 고개를 숙이고 걸어 다니던 사람들이 하늘을 올려다보고, 벤치마다 햇볕을 쬐는 사람들로 가득하다. 그 짧은 햇빛을 느끼며 선탠을 하는 학생들도 더러 있다. 강변의 러너들도 다르다. 평소보다 발걸음이 가볍고, 지나가며 서로에게 미소를 보내기도 한다. 나도 그런 날에는 조금 더 멀리, 조금 더 천천히 달린다. 마치 이 귀한 햇살을 놓치고 싶지 않다는 듯이. 웨스트민스터 브리지에서 바라본 템스강이 금빛으로 반짝이는 그 순간들은 런던에서의 가장 아름다운 기억 중 하나가 되었다. 지금도 가끔 그때를 떠올린다. 템스강의 물소리, 발 아래로 전해지던 석조 보도블록의 감촉, 이따금 마주치던 러너들과의 눈인사를.

나에게 달리기는 단순한 운동이 아니다. 그것은 이 차가운 도시에서 나만의 자리를 찾아가는 방법이었다. 마치 안개 속을 달리다 문득 햇살을 만나는 것처럼, 혹은 긴 겨울을 지나 봄의 첫 꽃을 발견하는 것처럼 언어의 벽도, 문화의 차이도, 때로는 따가운 시선도 있지만 달리는 동안만큼은 그 모든 것들이 사라진다. 그 순간들이 쌓여 런던을 나의 도시로 만들어주었다.

생각해 보면 이것이야말로 진정한 적응이 아닐까. 언어를 완벽하게 구사하거나 문화를 모두 이해하는 것만이 적응은 아니다. 나에게는 오히려 나만의 방식으로 이 도시와 관계를 맺는 것, 그것이 더 중요했다. 물론 시간이 지나면서 의사소통이 자연스러워지고(당시 만나던 홍콩 여자 친구 덕에 홍콩식 영어 악센트가 섞였지만), 인종차별의 허들도 조금씩 무뎌져서 (혹은 익숙해져서) 일수도 있다. 그 편안함이 일상에 체화되어 러닝을 통해 런던의 리듬을 점점 더 몸으로 익혔다. 조수의 변화, 안개의 패턴, 사람들의 일과, 이런 것들을 의식하지 않아도 발로, 몸으로 이해하게 되었다.

어쩌면 모든 낯선 환경에서는 이런 태도가 필요한 것 같다. 완벽해지려 애쓰기보다는 나만의 리듬을 찾는 것, 상처받지 않으려 움츠러들기보다는 작은 즐거움을 발견해 가는 것(지금에서야 이렇게 말하지만, 첫 두 달은 너무 힘들고 서러웠다). 런던에서의 러닝이 내게 가르쳐준 건 바로 그런 마음가짐이다.

인종차별을 이겨내는 방법은 맞서 싸우는 것만이 아니라, 그것을 넘어설 수 있는 나만의 영역을 만들어가는 것이기도 하다. 한국에서 가져온 담요, 잠옷, 러닝화처럼 낯선 곳에서도 나를 나답게 만들어주는 것들이 있다면, 그것만으로도 충분히 견딜 수 있다. 때로는 그 작은 것들이 전부가 되기도 한다. 그리고 그 사실 하나만으로도 나는 어디서든 살아갈 수 있다는 확신이 생겼다. 그동안 겁이 나서 해외여행 한 번 가지 않은 내가 또 하나의 큰 깨달음을 얻은

것이다. 우리가 진짜 가져가야 할 것은 무거운 짐이 아니
라, 어떤 곳에서도 나를 잃지 않게 해주는 그런 작은 의식
들이 아닐까.

내 첫 러닝메이트
크리스

런던에 온 지 한 달쯤 지났을 때였다. 템스강 러닝에도 어느 정도 익숙해졌고, 배터시 공원의 안개 낀 아침도 나름 즐기고 있었다. 하지만 여전히 혼자였다. 다른 러너들과 마주쳐도 짧은 눈인사 정도가 전부였고, 영어로 대화를 나누는 건 아직 부담스러웠다. 그때까지만 해도 내가 리버풀 출신의 '완벽한 영국인'과 러닝메이트가 되리라고는 상상도 못 했다.

그날도 여느 때처럼 로비에서 러닝화 끈을 매고 있었다. 로비는 항상 묘하게 추운데, 아마 에어컨을 과하게 틀어놓는 것 같다. 런던에서는 보기 힘든 대리석 바닥이 하필 로비였고 그래서 더 차가웠다. 한쪽에는 세계 각국에서 온 학생들이 운영하는 것 같은 이상한 (저걸 누가 마시지 싶은) 커피 자판기가 있는데, '동전만 받습니다'라는 안내문이 붙어있다.

자판기 맞은편 벤치에 앉아 구시렁대며 왼쪽 신발 끈을 먼저 매는 게 런던 러닝의 내 루틴이었다(이유는 모르겠다). 그 벤치는 유독 숙여서 운동화를 묶기에 편했다. 문제는 러닝화를 타이트하게 또 두 번 매듭을 지어내려다 보니 늘 바닥에 앉아서 낑낑거리게 된다는 것이다. 발목까지 올라오는 끈을 단단히 조이려면 온 힘을 다해야 한다. 지나가는 사람들이 보면 내가 운동화와 싸우고 있는 것처럼 보였을 거다. 실제로 누군가 나를 쳐다보고 지나갈 때도 종종 있었다.

왼쪽과 한참을 씨름한 뒤 오른쪽 신발 끈을 매려던 참에 누군가가 말을 걸었다. "Proper running shoes, those." 고개를 들어보니, 마치 영화에서 튀어나온 듯한 사람이 서 있었다. 키가 훤칠하고, 목소리에는 리버풀 특유의 억양이 묻어났고, 무엇보다 그가 신고 있는 신발이 나와 같은 모델의 나이키 러닝화였다. 그것도 같은 컬러웨이! 뭐 시내 엄청 큰 나이키 매장의 당시 시즌 베스트셀러였으니 그럴 수 있 겠지만, 이런 우연에 혼자 감탄하기도 전에 그가 덜컥 손을 내밀었다. "I'm Chris." 그의 손은 거칠었는데, 아마 운동을 많이 해서 그런 것 같았다. 악수하는 순간 느꼈다. 이 사람 은 다르다고. 영국인 특유의 지나친 정중함도, 어색한 친절 함도 없었다. 대신 자연스러운 쿨함이 있었다.

그의 악수는 너무 세지도, 약하지도 않고, 딱 적당했다. 한국에서는 처음 만나는 사람과 악수할 때면 늘 긴장했는 데, 이상하게도 어깨에 긴장감이 빠졌다. 마치 오래 알고 지낸 사람과 인사하는 것 같았다. 런던에 와서 처음으로 누 군가와 자연스럽게 대화할 수 있을 것 같다는 생각이 들 었다.

"Going for a run?" 그의 질문은 단순했지만, 그 톤에 서 진짜 궁금해한다는 느낌이 들었다. 유학 생활을 하면 서 생긴 방어기제 중 하나가 누군가 "How are you?", "Nice weather, isn't it?" 같은 별것 아닌 질문을 할 때면 '나랑은 깊은 대화를 못 할 거라고 생각하나'라는 삐뚤어진 생각이 들 때가 있었다. 굳이 물어봐야 하나 싶은 뻔한 질문들 말 이다. 생각해 보면 아이스브레이킹 겸 건네는 친절한 인사 였을 텐데 그때의 나는 그러했다. 낯선 곳에서의 불안함을 방어하려다 보니 모든 것을 의심부터 하던 시절이었다.

그런데 크리스의 질문은 나를 움직였다. 정말로 내가 뛰러 가는지 궁금해하는 것 같았다. 지금 와서 생각해 보면 자기와 같은 러닝화를 신고 있으니 뛰러 나가는지 묻는 게 자연스러운 건데, '러닝'이라는 단어에 그간 쌓여 있던 마음의 벽이 한 번에 풀렸던 것 같다. 어쩌면 같은 취미와 같은 운동화 취향을 가진 사람에 대한 순수한 호기심이었을 수도 있다. 하지만 그때 당시 나는 마치 내 대답에 따라 그가 계획까지 바꿀 수도 있다는 듯 들렸다. 내가 서툰 영어로 템스강까지 뛸 예정이라고 하자, 그가 답했다.

"Mind if I join?"

그렇게 우리의 첫 러닝이 시작되었다. 엘리베이터를 타고 내려와 기숙사 밖으로 나가는 길, 크리스가 카드키를 한 번 찍고는 문을 열어 잡아주었다. "먼저 가." 별것 아닌 행동이었지만, 그는 그런 배려가 자연스러워 보였다. 길을 걸으면서 그가 물었다.

"여기선 무슨 공부해?"

"그래픽 디자인 코스를 밟고 있어."

내가 대답하자 그가 고개를 끄덕였다. 그러고는 흔한 영국식 날씨 농담을 던졌다.

"날씨가 요즘 너무 좋으니, 너무 이 날씨를 믿지 마."

내가 가던 루트로 강변에 도착하자 크리스가 말했다.

"템스강을 이렇게 올 수도 있구나. 좋은 루트다."

마치 나를 런던 토박이 친구인 양 대하는 그의 한마디가 묘하게 나를 기분 좋게 만들었다. 크리스는 달리면서도 자연스럽게 대화를 걸었다. 리버풀 FC 이야기부터 영국 날씨 농담까지. "The weather here changes mood faster than my ex." 그의 농담에 웃으면서 생각했다. '저런 농담을 자연스럽게 할 수 있다면 진짜 영국인이 된 느낌이겠지.'

한 달 정도 지나자 우리는 고정적인 러닝 스케줄을 갖게 되었다. 매주 목요일 오후 5시. 단, 비가 많이 오면 취소! 크리스는 항상 정확했다. 늦는 법이 없다. 비가 오는 날도, 안개가 자욱한 날도, 그는 늘 같은 자리에서 기다리고 있었다. "런던 날씨는 실망시키지 않지?"라며 영국식 농담을 던지며 웃던 그의 표정이 지금도 선명하다.

그의 매력은 디테일에 있다. 달리기 전 스트레칭할 때면 늘 "준비됐어?"라고 물었고, 신호등에 걸릴 때면 자연스럽게 발걸음을 멈추며 "쉬기에 좋은 타이밍이다"라고 했다. 그 와중에 특유의 거리감(긍정적 의미)이 있었는데, 결코 선을 넘지 않는, 적당한 친근함이 있다. 예를 들면 러닝 후 물을 마실 때면 항상 한 뼘 정도 간격을 두고 섰고, 대화할 때도 사적이거나 선을 넘을 것 같은 추가 질문은 하지 않았다. 러닝 후에도 굳이 밥을 같이 먹자고 말하지 않는다. 기숙사 공유 키친에서 서너 번 같이 배달 음식을 시켜 먹은 정도가 다다. 그 거리감이 나를 더 편안하게 해줬다. 그것이 내가 영국에 오기 전 상상하고 기대했던, 또 배우고 싶었던 영국식 젠틀함이다.

시간이 지날수록 나는 크리스의 작은 습관들을 알게 됐다. 그는 달리기 전에 항상 왼쪽 발끝부터 스트레칭을 시작하고, 신호등이 빨간불일 때면 절대 제자리 뛰기를 하지 않는다. "멈추는 법도 필요하지." 그의 말에는 늘 이런 식의 심오함이 숨어있다. 러닝 자세 역시 마치 오래된 기계처럼 정교하다. 어깨는 항상 낮게, 팔꿈치는 90도를 유지한 채 자연스럽게 흔든다. 러닝 유튜브를 실사로 보는 느낌이랄까. 실제로 운동을 많이 해온 사람이라는 게 한눈에 보였다(나중에 알았지만 달리기와 별개로 축구를 취미로 오래 했다고 한다). 그와 나란히 달리다 보면 가끔 지나가는 사람들이 쳐다보기도 했다. 아마 우리가 꽤 다른 타입으로 보였을 것이다.

언젠가 한 번은 크리스에게 달리기가 취미냐고 물었다. 그는 잠시 생각하더니 "숨 쉬고 사는 것"이라고 말했다. 농담인가 싶었는데, 그는 진지했다. 아마 계속해 내는 자연스러움을 말한 것 같다. 의식하지 않고 너무 무겁거나 진지하지도 않게 가볍게. 그 후 나의 러닝도 조금 달라졌다. 더 이상 기록이나 거리에 집착하지 않았다. 그의 대답에서 많이 형용하고 표현하는 '숨 쉬듯 자연스럽게' 달리다 보면, 어느새 영국의 비도 하루를 우울하게 만들지 않고, 겨울도 그렇게 쌀쌀맞게 춥지 않았다.

크리스와 함께 달리면서 나의 영국에서의 삶이 조금씩 달라지기 시작했다. 마트에서 계산할 때도, 수업 중 발표할 때도 전보다 자신감이 생겼다. 그의 억양을 무의식중에 따라 하게 됐고, 영국식 유머도 조금씩 이해하기 시작했다. 특히 크리스가 "Good effort, mate"라고 말하며 눈썹을 위로 올릴 때면, 마치 내가 여기 이 커뮤니티와 도시에 속한 것 같은 기분이 들었다. 어느 날 그가 말했다. "Kush, 많이 변했어. 뭔가 더 자신감이 넘쳐 보여." 그렇다. 나는 그 덕분에 더 이상 '동양인 유학생'이라는 꼬리표에 스스로를 얽매이지 않게 되었다.

해가 바뀌고 2월이 되자 크리스가 말했다. "교환 학생을 마치고 이제 돌아가야 해. 인턴도 붙었어." 갑작스러운 소식이었지만 슬프진 않았다. 고마운 마음이 더 컸다. 크리스 덕분에 나는 런던에서 적응하고 잘 살아가는 법을 배웠으니까 말이다. 그와 마지막 러닝을 하기로 한 날, 그는 평소처럼 "Good run, mate"라고 했다. 그리고는 "너 이제 진짜 런더너 다 되었어"라고 덧붙였다. 웃으며 건넨 농담이었지만, 그 말은 지금도 나에게 특별하다. 방어기제로 가득해 스스로 벽을 만들었던 내게 영국식 농담을 자연스럽게 건네며 동경해 오던 영국식 젠틀함을 갖춰 다가와 준 그가 해준 말이었기 때문일 것이다. 덕분에 런던에 와서 한껏 위축되어 있던 내가 스스로를 다시 응원하게 되었고, 이 도시를 사랑하게 되었다. 그렇게 마지막 러닝을 마치고, 크리스가 너무 먹고 싶어 하던 불고기를 어설프게 만들어 먹으며 서로의 안녕을 빌어주었다.

지금도 가끔 생각한다. 누군가에게 나도 그런 사람이 되고 싶다고. 낯선 도시에서 누군가의 러닝메이트가 되어 크리스가 내게 해준 것처럼 자연스러운 소속감을 주는 사람이 돼야지. "Ready, mate?"라는 말 한마디로 누군가의 하루를 편안하게 만들 수 있는 사람 말이다. 크리스는 졸업하고 리버풀로 돌아갔다. 가끔 SNS 메시지로 해피뉴이어 정도의 인사치레를 하는 사이가 되었지만, 그가 남긴 것은 여전히 내 안에 있다. 지금은 템스강이 아닌 청계천을 뛰고 있지만, 신호등에서 잠시 멈출 때마다 크리스의 목소리를 떠올린다.

"Good run, mate!"

나중에 알고 보니 크리스는 중학교 육상부 출신이었다. "그래도 오래 뛰는 건 어려워"라고 말했지만, 그가 그토록 자연스럽게 보였던 건, 어쩌면 타고난 것이었을지도 모른다. 내게 크리스는 '잘 달리는 사람'을 넘어 내가 되고 싶은 여유롭고 젠틀한 '런더너'였다.

머그잔에 담긴
크리스마스, 베를린
여행지에 뛰어 보기 1

현대 건축의 기초를 다진 르 코르뷔지에는 《도시계획》에서 "속도를 위해 만들어진 도시는 성공을 위한 도시다"라고 말했다. 도시란, 효율적인 교통망과 빠른 순환이 생명이라는 그의 주장은 단지 자동차와 대로를 위한 것이 아니다. 나는 그것을 사람의 움직임으로 바꿔 생각해 본다. 걷고, 뛰고, 멈추는 모든 동작이 도시에 생기를 부여하고, 러너의 리듬 속에 도시가 다시 살아난다. 그의 말처럼 도시는 걷고, 뛰고, 멈추는 모든 움직임으로 완성된다.

1년 반이라는 짧은 유학 생활 동안, 나는 가능한 한 많은 도시를 경험하고 싶었다. 학기 중에는 런던의 새벽을 달렸고, 방학이 되면 유럽의 도시들을 달렸다. 러닝화를 챙기는 건 여권을 챙기는 것만큼 중요했다.

낯선 도시에서의 러닝은 마치 소개팅을 하러 나가는 느낌처럼 늘 새롭고 두근거린다. 관광객이 잠든 이른 아침, 현지인은 막 하루를 시작하는 그 시간에 도시는 가장 솔직한 표정을 보여준다. 시차 적응을 위해 시작한 새벽 러닝이 어느새 그 도시의 일부가 되는 방법이 되었다. 도시마다 달리는 방식이 조금씩 다른데, 그 차이를 발견하는 재미도 있다(이 챕터에서는 특별히 기억에 남는 세 도시를 소개해 보겠다).

2014년 12월, 크리스마스 홀리데이에 런던에 혼자 남아 있기 싫어서 급하게 항공편을 찾았다. 당시 가장 저렴했던 도시가 베를린이었다. 라이언에어 편도 티켓이 50파운드가 안 되었던 기억이 난다. 서울에서 부산 가는 KTX값보다 싸게 다른 나라에 갈 수 있다니, 그것만으로도 충분히 첫 여행의 명분은 섰다. 베를린은 무거운 도시였다. 겨울이라 그랬는지, 아니면 런던의 아늑함에 익숙해져서인지 공항에서 시내로 가는 길부터 뭔가 달랐다. 런던의 3~4차선 도로에 익숙해진 내게 베를린의 8차선 대로는 위압적으로 다가왔다. 칼바람이 몰아치는 넓은 도로 양쪽으로 늘어선 건물들도 런던의 아기자기한 빅토리아풍 건물들과는 사뭇 다른 느낌이다.

무엇보다 사람들의 표정이 달랐다. 런던에서는 거리에서 마주치는 사람들이 대체로 무표정하지만 그 안에 어떤 여유로움이 있는데, 베를린 사람들에게는 진지함이 보였다(너무 추워서 그랬을 수도 있다). 12월의 베를린은 정말 춥다. 런던의 습한 추위와는 다른, 뼛속까지 파고드는 건조하고 마른 (서울과 비슷한) 추위다. 런던의 추위에 익숙한 나의 옷가지는 그야말로 허무했다. 첫날 밤 숙소에 도착해서 창밖을 내다보며 생각했다.

'이 삭막한 도시에서 내 유럽 첫 크리스마스를 보내다니, 나 4박 5일을 버틸 수 있을까?'

이 짧은 생각은 다음 날, 아침 러닝을 나가면서 바뀌었다. 베를린은 넓은 도로가 주는 자유로움이 있다. 런던에서는 늘 사람들과 부딪히지 않으려 조심스럽게 달렸는데, 여기서는 마음껏 보폭을 넓힐 수 있다. 이렇게 넓고 여유로운 공간에서 달리니 몸도 마음도 한결 자유로워졌다. 멀리까지 쭉 뻗은 대로를 보며 달리면 시야뿐 아니라 가슴마저 확

뚫린 느낌이다. 특히 티어가르텐은 놀라웠는데, 런던의 하이드파크나 리젠트파크도 큰 편이지만, 티어가르텐은 완전히 다른 차원이다. 정말 도시 한복판에 거대한 숲이 있는 것 같다. 겨울이라 나무는 앙상했지만, 그 대신 거대한 나무 몸통과 거기서 뻗어나간 가지들이 주는 압도감이 있다. 잎사귀에 가려져 평소에는 볼 수 없었던 나무의 진짜 골격이 드러난 모습이다. 마치 다른 행성에 온 것 같은 느낌마저 들었다. 그 거대한 나무들 사이를 달리다 보면 내가 얼마나 작은 존재인지 새삼 깨닫게 된다. 그날따라 자욱한 안개 덕분에 신비로운 분위기가 더 극대화되었다. 브란덴부르크 문 근처에서 시작해 베를린의 상징적인 거리를 달리며 차갑게만 느껴졌던 도시에 대한 애착이 조금씩 생기기 시작했다.

둘째 날도 아침 러닝을 나갔다. 가벼운 산책 겸 러닝을 마치고 숙소로 돌아오는 길에 브란덴부르크 문 근처에 있는 크리스마스 마켓을 지나는데, 몇몇 상인들이 하나둘 오픈 준비를 하고 있었다. 아직 이른 아침이라 대부분의 가게가 문을 열지 않았지만, 글뤼바인(독일식 뱅쇼)을 끓이는 달콤하면서 기분 좋게 따가운 향신료와 계피 냄새가 차가운 공기 중에 퍼지고 있었다. 냄새에 홀려 시선을 돌리니 글뤼바인을 끓이던 아저씨와 눈이 마주쳤다. 그는 땀에 젖은 러닝복 차림의 나를 보며 환하게 웃어주었다. 그러고는 갓 끓인 글뤼바인 한 잔을 건네주었다. 내가 다급히 주머니에서 동전을 꺼내려 하자 그는 "No worries!" 하며 손사래 쳤다. 따뜻한 머그잔에 담긴 글뤼바인을 한 모금 마시자 입안 가득 퍼지는 계피와 정향의 향, 그리고 몸속 깊숙이 온기가 스며들었다. 그 순간 차갑고 무거웠던 베를린의 첫인상은 온데간데없고, 크리스마스의 따스함이 주변을 감쌌다.

더 놀라운 건 머그잔이었다. '2013 Berliner Weihnachts-markt(2013 베를린 크리스마스 마켓)'이라고 적힌 보라색 도자기 컵인데, 보는 순간 감탄이 나왔다. 브란덴부르크 문이 가운데 크게 그려져 있고, 그 주변으로 나의 얕은 지식으로는 도저히 알 수 없는 베를린의 궁전들이 예쁘게 배치되어 있다. 반짝반짝 빛나는 별들 사이로 아기 예수들이 미소를 지으며 떠다니고, 그 아래로는 크리스마스 마켓에서 글뤼바인을 마시며 웃고 있는 사람들이 귀엽게 손 그림으로 그려져 있다. 마치 베를린의 크리스마스를 한 장의 동화책으로 압축해 놓은 것 같은 아주 예쁜 머그잔이다. 다 마신 머그잔을 돌려주려 하자 그는 또 한 번 손사래를 치며 말했다. "Gift!" 글뤼바인에 이런 멋진 컵까지 그냥 주다니 순간 산타클로스의 존재를 믿을 뻔했다. 나중에 알게 된 사실이지만, 독일의 크리스마스 마켓에서는 글뤼바인을 주문하면 컵값까지 포함해서 받는 것이 일반적이라고 한다. 내가 받은 '크리스마스 선물'은 패키지였던 것이다.

베를린에서의 러닝은 스케일의 경험이었다. 런던은 아기자기한 골목길이 매력이라면, 베를린은 광활함이 주는 해방감이 있다. 넓은 도로를 달리며 느끼는 바람의 세기, 멀리까지 이어지는 지평선, 그리고 그 속을 자유롭게 누비는 느낌. 그것은 분명 런던에서는 경험할 수 없는 것이었다. 그날 아저씨가 건네준 머그잔은 여러 도시를 여행할 때마다 컵을 기념품으로 사는 컵 덕후인 나의 최애 컵이 되었다. 11년이 지난 지금까지도 내가 가장 아끼는 컵이다. 커피를 마실 때마다 그 차가웠던 베를린의 아침이 떠오른다. 그리고 현지인이 건넨 글뤼바인 한 잔이 어떻게 그 도시에 대한 인상을 바꿔놓을 수 있는지 생각한다.

마음만은
대한민국 국가대표

"경쟁은 인간의 본능적 욕구지만, 자기 자신과의 경쟁
이 가장 순수한 형태의 경쟁이다."

스포츠 심리학 저널에서 읽은 한 문장이 내 눈길을 사
로잡았다. 처음에는 그저 그럴듯한 말 정도로 생각했다. 하
지만 러닝을 하면서 그 의미를 조금씩 이해하게 됐다. 다른
사람과의 경쟁에는 늘 변수가 있다. 상대방의 컨디션, 날
씨, 운 같은 것들 말이다. 하지만 자기 자신과의 경쟁은 다
르다. 순전히 내 의지와 한계에만 달려있다.

조금 다른 맥락이지만 어니스트 헤밍웨이의 《노인과 바다》의 유명한 구절도 생각난다. "인간은 파괴될 수는 있어도 패배하지는 않는다." 둘 다 같은 이야기다. 진짜 승부는 남과 하는 게 아니라 자기 자신과 하는 것이다. 노인이 그 거대한 물고기와 싸울 때도, 사실은 자신의 한계와 싸우고 있었던 것처럼. 러닝을 하면서 나는 이 두 문장을 자주 떠올린다. 누군가가 나를 추월해 갈 때면 더욱 그랬다.

가끔 마라톤 중계를 찾아본다. 지상파에서 중계해 주는 일요일 오전의 마라톤 중계를 보면 괜히 마음이 편안해진다. 끈기 있게 뛰는 선수들을 2시간 동안 보고 있노라면 뭔가 명상을 훔쳐보는 느낌이다. 축구나 야구처럼 역전의 드라마가 있는 것도 아니고, 격투기처럼 짜릿한 순간이 있는 것도 아니다. 그저 같은 움직임과 속도로 42.195km를 묵묵히 달려가는 모습을 지켜볼 뿐이다.

이상하게도 그 단조로움이 좋았다. 선수들의 표정은 고통스러워 보이지만, 그 고통을 견뎌내는 의지가 화면 너머로도 전해진다. 가끔 카메라가 잡아주는 발소리, 현장 마이크를 통해 들리는 호흡 소리까지, 마치 내가 함께 뛰고 있는 것 같은 기분이 들 때가 있다. 해설자도 다른 스포츠만큼 흥분하지 않는다. 매우 차분하고 경건한 톤으로 선수들의 페이스와 기록을 전해준다. 생동감이 가미된 ASMR 같다.

해설자가 말했다. "마라톤은 고독한 싸움입니다." 그 말을 들으며 웃음이 났다. 내가 벌이는 고독한 싸움이 떠올라서였다. 정확히는 나만의 '상상 마라톤 대회'가 떠올라서였다. 헤밍웨이의 노인이 바다와 싸웠듯이, 나는 런던에서 매 러닝 순간 안개와 상상의 경쟁자들과 싸웠다. 배터시 공원에는 아침마다 수십 명의 러너들이 뛰었다. 서로를 모른 채 각자의 페이스로 달렸지만, 나에게는 그들 모두가 경쟁자였다. 나를 추월하는 러너가 있다면, 그는 곧바로 내 상상 속에서 '일본 대표 선수'가 된다. 아마도 어린 시절부터 보아온 한일전 축구의 영향인 듯하다(다른 의미는 없다). 헤밍웨이의 노인이 그 거대한 물고기에 자신만의 의미를 부여했듯이 말이다.

처음 이런 상상을 한 건 우연이었다. 어느 안개 낀 아침, 한 러너가 나를 추월했다. 평소 같았으면 그냥 내버려뒀을 텐데 그날따라 이상하게 승부욕이 올라왔다. '내가 왜 저 사람한테 추월당해야 하지? 그래, 지금은 올림픽 마라톤 38km 지점이야. 저 사람은 라이벌 일본 선수야(실제로 그가 동양인이어서 자연스럽게 그렇게 연결되었다).' 노인이 거대한 물고기와 싸움을 시작했듯, 나도 그렇게 나만의 싸움을 시작했다. 물론 노인의 상대는 진짜 거대한 청새치였지만, 내 상대는 그저 아침 조깅을 나온 평범한 러너였다. 심지어 그는 내가 이런 생각을 하고 있다는 것조차 모른다. 그저 나 혼자 하는 치열한 싸움이다.

그렇게 시작된 나만의 '국가대표 시나리오'는 꽤 효과적이었다. 그를 따라잡기 위해 천천히 페이스를 올렸다. 후에 알고 보니 러닝에서는 이를 '점진적 가속', 즉 빌드업 Build-up이라고 한다. 심장박동을 천천히 올리고, 호흡을 조금씩 깊게 만들고, 보폭을 조금씩 넓혀가는 것. 마치 자동차가 기어를 하나씩 올리듯이 뛰면 상대방도 내가 추격해 오고 있다는 걸 잘 눈치채지 못한다.

300m 정도를 달렸을까. 서서히 간격이 좁혀졌다. 내 호흡은 점점 거칠어졌지만, 상상은 더욱 선명해졌다. 템스강의 안개가 더욱 짙어진 것 같았다. 앞서 달리는 러너의 실루엣이 흐릿하게 보였다 사라졌다 했다. 마치 꿈속에서 누군가를 쫓아가는 것 같았다. 헤밍웨이라면 이런 순간을 어떻게 표현했을까? '안개는 그의 고독한 승부를 숨겨주는 커튼이 되었다?!' 그 순간만큼은 올림픽 마라톤 38km 지점에서 마지막 도착 지점을 향해 달리는, 왼쪽 가슴에는 태

극기를 달고 국가의 명예를 걸고 뛰는 선수였다. 괜히 왼쪽 가슴팍을 만지작거렸다.

'지금이야, 마지막 스퍼트' 마침내 그를 추월하는 순간, 머릿속에서는 김성주 아나운서의 목소리가 들렸다. "대한 민국 심석용 선수, 마침내 일본 선수를 제치고 선두로 나섭 니다!" 생각해 보면 참 민망한 일이다. 그래도 실제로 효과 가 있었으니 뭐 어떤가. 누구에게 피해를 주는 일도 아니니 말이다. 그 페이스로 그냥 뛰었다면 5km에서 이미 지쳐 걸 었을 텐데, 상대 선수 덕분에 끝까지 포기하지 않고 뛸 수 있었다. 나는 종종 빌드업 러닝을 할 때면 이 방법을 이용 한다. 스스로 국가대표가 되어 그때그때 경쟁자를 만들며 혼자만의 싸움을 하고 나면 10km도 거뜬하다. 허무맹랑 한 상상이지만, 그 상상이 만들어낸 체력과 의지는 가짜가 아니었다. 어쩌면 플라세보 효과의 러닝 버전인지도 모르 겠다.

어떤 아티클에서 "자신만의 내러티브를 만드는 것은 강력한 동기부여 도구다"라고 했다. 내게는 그 내러티브가 올림픽이고 국가대표 상황이었다. 가끔은 너무 과한 상상 때문에 실제로 숨이 턱까지 차오를 때도 있다.《노인과 바 다》의 노인처럼, 때로는 실제 이상의 것을 초월하여 보았는지도 모른다.

템스강의 안개는 때때로 올림픽 스타디움의 관중석이 되어주었다. 안개 속에서는 모든 것이 가능했다. 흐릿한 가로등 불빛은 수만 개의 카메라 플래시가 되었고, 이른 아침 달리는 사람들의 발소리는 관중들의 함성이 되었다. 나는 그 무대에서 매일 아침 금메달을 따기 위해 달렸다.

지금은 이런 국가대표 놀이를 자주 하지 않는다. 솔직히 말하면 예전만큼 절박하지 않아서다. 30대 후반이 되니 속도에 대한 압박이 조금 사라졌다. 내가 뛰는 시간대(대략 저녁 8시쯤) 청계천에서는 아마 제일 빠른 것 같다. 물론 그게 전부는 아니라는 걸 안다. 새벽에 뛰는 진짜 고수들이나 주말 오전에 나타나는 혈기 왕성한 대학교 동아리 학생들 앞에서는 명함도 못 내밀 것이다. 이제는 추월당해도 나의 갈 길을 간다. 대신 그들이 어떻게 뛰는지, 요즘은 어떤 브랜드가 유행하는지 등 다른 잿밥에 더 관심이 더 많다.

아주 가끔 컨디션이 괜찮은 날이면 국가대표 놀이를 다시 시작한다. 날씨가 안 좋거나 비가 살짝 내리는 날이면 더 그렇다. 앞서가는 러너의 실루엣이 흐릿해질 때면, 그곳은 금세 안개가 자욱한 런던 스타디움이 된다. 숨이 턱까지 차오르고 다리는 천근만근이지만, 절대 놓칠 수 없는 승부다. 심장이 터질 것 같아도 보폭을 줄일 수 없다. 어쩌면 진짜 승리는 그 과정 자체에 있었는지도 모른다. 당시 배터시 공원에서 내가 치른 그 수많은 '경기'는 진짜 시합보다 더 진실한 것이었으니까. 헤밍웨이의 노인이 그랬듯, 나도 매일 아침 나만의 싸움을 했다.

내가 상대편 선수로 상상했던 그 러너들은 실제로 대부분 나보다 훨씬 더 긴 거리를 뛰고 있었을 것이다. 내가 겨우 5km를 뛸 때 그들은 이미 15km를 뛰고 있었을 수도 있다. 혹시 이 글을 읽는 분 중에 2014~2015년 런던 배터시 공원에서 갑자기 스피드를 올리는 동양인에게 추월당한 적이 있다면 저였을 겁니다. 늦었지만 죄송합니다. 제가 국가대표 놀이에 너무 심취했나 봐요. 덕분에 제 러닝이 더 즐거웠어요. 당신들은 몰랐겠지만, 우리는 꽤 멋진 승부를 펼쳤답니다.

아무도 뛰지 않는
마라톤 발상지, 그리스
여행지에 뛰어 보기 2

케팔로니아는 그리스 이오니아 제도에서 가장 큰 섬이지만 산토리니나 미코노스에 비하면 상대적으로 덜 알려진 곳이다. 사실 처음부터 계획한 여행지는 아니었다. 1학기 중간 리뷰를 마친 후 리프레시가 필요했던 (유럽병에 걸린) 나는 '유럽 로컬이 자주 가는 그들만의 제주도' 같은 곳을 찾고 있었다. 그러다 인스타그램에서 우연히 본 멜리사니 동굴 사진 한 장에 완전히 홀려버렸다.

동굴 안 지하 호수의 그 신비로운 푸른빛이란! 마치 지구상의 것이 아닌, 어떤 다른 행성의 보석 같았다. 동굴 천장에 뚫린 구멍으로 쏟아져 들어오는 햇빛이 물속 깊은 층까지 투명하게 비추는데, 그 빛이 물과 만나면서 만들어내는 색깔이 정말 환상적이었다. 터키석도 아니고, 에메랄드도 아닌, 어떤 표현으로도 형용할 수 없는 그 푸른빛. 스마트폰 화면으로도 그 신기한 풍경의 놀라움은 뚫고 나왔다. 망설임 없이 항공편을 예약했다.

케팔로니아는 제주도보다 훨씬 작은 섬이다. 그리스 서쪽 이오니아해에 떠 있는, 심지어 유럽인들도 잘 모르는 곳이라고 한다. 공항에서 숙소까지 가는 길에 택시 기사가 왜 케팔로니아에 왔냐고 물었을 정도니 관광지라기보다는 조용한 어촌 마을 같은 곳이다.

에어비앤비로 예약한 작은 집은 핀터레스트에서 튀어나온 것 같았다. 남유럽 특유의 하얀 벽과 파란 문짝, 작은 테라스에는 자기주장 강한 원색의 꽃들이 전혀 촌스럽지 않게 흘러내리고 있었다. 창문을 열면 바로 앞에 에메랄드빛 바다가 펼쳐져 있고, 멀리 작은 어선들이 점점이 떠 있었다. 평화롭고 정겨운 그 풍경을 보고 있노라면 마구 뛰고 싶어진다. 이런 완벽한 곳에서 달리지 않으면 정말 후회할 것 같았다.

한껏 기대에 차 바로 거리를 나섰다. 그때 내가 받은 충격이란! 30분을 달려도, 한 시간을 달려도 러너는 나뿐이었다. 정확히 말하면 뛰는 사람이 아예 없었다. 길에서 만나는 건 여유롭게 산책하는 할아버지와 양인지 염소인지를 몰고 가는 목동, 그리고 느긋하게 일광욕하는 고양이들뿐이었다.

이상했다. 그리스는 마라톤 발상지가 아닌가? 고등학교 세계사 시간에 배운 그 유명한 이야기, 마라톤 전투에서 아테네까지 달려 승전보를 전한 병사의 이야기가 떠올랐다. 무라카미 하루키도 《달리기를 말할 때 내가 하고 싶은 이야기》에서 아테네에서 마라톤 마을까지 홀로 풀코스를 뛰었다고 했는데…. 그것이 아니더라도 외국에서 도시를 뛰는 러너를 보는 일은 매우 흔한 일이다. 달리기의 성지이자 러닝의 고향인 그리스 사람들은 태어나자마자 달리기 DNA가 활성화된 모두 타고난 러너인 거 아니었던가. 심지어 그리스 신화의 헤르메스도 날개 달린 신발을 신고 하늘을 달리지 않나. 아테네 올림픽 때 마라톤 코스를 따라 뛰는 선수들의 장엄한 모습도 이렇게 선명한데 말이다. 그런 이미지들이 머릿속에서 뒤섞이면서 나는 '러닝의 메카=그리스'에 대한 환상을 드디어 실제로 보는구나 라고 기대했던 것 같다. 적어도 아침마다 해변을 따라 달리는 사람들을 마주칠 거라 생각했다.

하지만 현실의 케팔로니아는 달랐다. 여기서는 아무도 뛰지 않는다. 점심시간이 지나면 가게 문을 닫아버릴 만큼 여유로운 곳이다(게으르다는 말은 하지 말자. 이건 라이프스타일의 차이다). 매일 아침 러닝을 마치고 들르던 항구 근처 작은 카페의 할머니는 내가 올 때마다 의아한 표정을 지었다.

"You, hurry? No time?"

할머니의 귀여운 질문에 웃음이 터졌다. 마라톤의 나라 그리스에서 이런 반응을 받을 줄이야. 하지만 생각해 보니 당연한 일일지도 모른다. 마라톤은 2500년 전 이야기이고, 지금의 그리스는 전혀 다른 나라이니 말이다. 게다가 케팔로니아는 아테네에서 수백 킬로미터 떨어진 작은 섬이다. 급한 일이 있으면 배를 타면 되고, 어디든 걸어서 갈 수 있는 곳에서 굳이 뛸 이유가 없다.

실제로 케팔로니아 사람들의 느긋함은 상상을 초월했다. 오후 2시가 되면 대부분의 상점이 문을 닫는다. '시에스타'라고 하는 낮잠 시간 때문이다. 그렇게 오후를 휴식으로 보내고 저녁 6시쯤 되어서야 다시 문을 연다. 이게 얼마나 황당한지는 직접 겪어봐야 안다. 넷째 날 현금이 떨어져서 급하게 돈을 찾으려고 은행에 갔는데, 문은 이미 굳게 닫혀 있었고 설마 했는데 ATM기마저 먹통이었다. 더위를 먹은 걸까? 기계도 낮잠을 자나? 우연이었겠지만 타이밍이 너무 절묘했다. 카드를 넣어도 반응이 없고, 화면에는 알 수 없는 그리스어만 가득했다. 사색이 된 나를 보며 지나가던 할아버지가 "괜찮아, 내일 또 있어"라며 어깨를 두드려주었다.

길에서 만나는 모든 사람이 그랬다. 모든 걸 천천히 했다. 길을 물어보면 한참 생각하더니 "저기 올리브 나무 세 번째 지나서 아니다, 네 번째인가? 어쨌든 바다가 보이는 쪽으로 가면 돼." 이런 식이다. 정확한 건 중요하지 않은 것 같았다. 어차피 섬이 작으니 헤매도 금방 찾을 수 있다는 그들의 철학인 듯했다.

시간 역시 그들에게는 흘러가는 게 아니라 그냥 머무는 것이었다. 한국에서는 시간이 마치 강물처럼 빠르게 흘러가서 놓치면 안 되는 것이었다면, 여기서는 시간이 호수 같았다. 잔잔하게 머물러 있고, 원하면 언제든 그 안에 들어가서 유영할 수 있는. 사람들은 시간을 쫓지 않고 시간과 함께 걸었다. 더 정확히 말하면 시간이라는 개념 자체를 의식하지 않는 것 같았다.

점심을 먹으러 간 작은 타베르나(음식점)에서도 마찬가지였다. 주문받는 아저씨는 메뉴를 가져다주지도 않고 그냥 "오늘 뭐 먹고 싶어?"라고 물었다. 그러고는 냉장고를 열어서 "이거 어때? 오늘 아침에 잡은 생선이야"라며 싱싱한 생선 한 마리를 보여주었다. 나중에 물어보니 도미였다. 주문 후에도 한 시간은 기다려야 했지만, 그곳에서 며칠을 보내고 나면 나도 어느새 그 시간 동안 바다를 바라보며 앉아 있는 것만으로도 충분하게 된다. 급할 게 없다. 가야 할 곳도, 해야 할 일도 없다. 그냥 존재하는 것만으로도 충분한 의미가 있다.

케팔로니아에서의 러닝은 명상에 가까웠다. 베를린처럼 경쟁할 상대도 없고, 런던처럼 페이스를 재촉할 이유도 없다. 파도 소리를 들으며, 올리브 나무 향을 맡으며, 지중해의 햇살을 받으며 뛰었다. 파도는 끊임없이 백사장을 어루만지며 그 영원한 리듬을 들려주었고, 바람에 실려 오는 올리브 나무 향은 달콤하면서도 쌉싸름했다. 햇살은 강렬했지만 바다에서 불어오는 바람 때문에 전혀 부담스럽지 않았다. 때로는 10분 만에 지쳐서 걷기도 했고, 때로는 1시간 반 넘게 느긋하게 해안선을 따라 달리기도 했다. 지칠 때면 가까운 바위에 앉아서 바다를 바라봤다. 시원한 바닷바람이 땀을 식혀주고, 끝없이 펼쳐진 푸른 바다가 마음을 평온하게 해주었다. 그러다 다시 뛰고 싶으면 일어나서 뛰었다. 시간이나 거리보다는 그 순간의 기분이 중요했다.

가장 기억에 남는 건 아소스 반도로 가는 길이었다. 좁은 산길을 따라 올라가다 보면 갑자기 시야가 확 트이면서 에메랄드빛 바다가 펼쳐진다. 그 순간의 감동이란, 베를린에서 느꼈던 광활함과는 다른 감동이다. 거대한 스케일에 압도당하는 게 아니라, 도시에서 볼 수 없는 자연이 만든 완벽한 아름다움에 마음이 정화되는 느낌이다. 정상에서 만난 작은 교회는 아기오스 게라시모스라는 이름의 조그만 수도원인데, 바깥의 뜨거운 햇살과는 대조적으로 교회 안은 차갑고 조용했다. 돌로 된 벽에서는 수백 년의 세월이 느껴졌고, 작은 이콘(종교 그림)들이 촛불에 비쳐 신비롭게 반짝였다. 땀에 젖은 채로 들어간 내가 왠지 부끄러웠지만, 그 공간은 나를 있는 그대로 환영해 주는 것 같았다. 러닝 후의 뿌듯함과 교회의 신성함이 묘하게 어우러졌다. 몸은 아직 운동의 여운으로 후끈거렸지만, 마음은 그 고요함 속에서 점점 평온해졌다. 밖에서 들려오는 것은 멀리서 울려오는 바닷소리뿐이었다. 이런 순간이야말로 여행에서

만 경험할 수 있는 특별함이 아닐까 싶어 몇 분간 그 자리에 그대로 서 있었다. 시간이 정말로 멈춘 것 같았다.

할머니의 카페에서 마시는 그리스 커피도 특별했다. 베를린이나 런던의 커피와는 완전히 다른 맛이다. 오래 내린 듯한 좀 더 쌉싸름하고 진한 느낌이다. 할머니는 항상 커피와 함께 작은 쿠키 하나를 덤으로 주었는데, "러너를 위한 선물이야"라며 웃었다. 내가 그 섬의 유일한 러너라서 특별 대우를 받는 기분이었다.

케팔로니아에서 보낸 5일 동안, 나는 매일 다른 코스를 달렸지만 같은 느낌을 경험했다. 시간이 멈춘 것 같은 평온함, 아무것도 재촉하지 않는 여유로움. 베를린이 '큰 움직임의 도시'였다면, 케팔로니아는 '정적의 섬'이었다. 외부 자극이 없으니 그 정적 속에서 오히려 더 깊이 달릴 수 있었다. 내 안의 소리에 더 집중할 수 있었던 것 같다.

런던으로 돌아가는 날 아침, 미르토스 해변에서 마지막 러닝을 했다. 하얀 모래사장과 터키석 같은 바다를 바라보며 달리는데, 문득 하루키의 에피소드가 떠올랐다. 케팔로니아의 느긋함이 아테네에서 마라톤까지의 고독한 달리기와 대비되어 더 특별하게 느껴졌다. 어쩌면 진짜 러닝의 묘미는 이런 게 아닐까? 남들과 경쟁하거나 기록을 세우는 게 아니라, 그냥 자신만의 페이스로 자신만의 길을 가는 것 말이다.

　케팔로니아에서의 러닝은 나에게 새로운 관점을 주었다. 러닝이 꼭 운동일 필요는 없다는 것, 때로는 가벼운 산책의 연장선이어도 된다는 것. 베를린에서 느꼈던 성취감과는 다른 만족감이다. 뭔가를 이뤄냈다는 뿌듯함이 아니라, 그냥 존재 자체가 충분하다는 평온함 같은 거다. 서울로 돌아와 직장인이 된 지금도 한 번씩 너무 바쁘고 정신없어 스트레스받을 때면 케팔로니아의 아침을 떠올린다. 에메랄드빛 바다와 파도 소리, 하얀 집과 여유롭게 바위에 앉아 있는 고양이, 그리고 새큼한 올리브 향까지. 그때의 내가 그리운지, 그곳이 그리운지는 모르겠다. 아마 둘 다일 것이다. 10년 전에는 그 여유로움이 자연스러웠지만, 지금은 여유를 찾기 위해 의식적으로 노력해야 한다. 속상하기도 하지만, 이렇게 한 번씩 그곳을 생각할 때면 잠시나마 여유가 찾아온다. 러닝하던 내게 무슨 급한 일이 있느냐고 말하던 할머니는 내게 삶의 태도를 알려준 것일지도 모르겠다. 빨리 달릴 필요가 없다고, 그냥 걷는 것도 충분히 의미 있다고.

Good morning
runner!

런던에서 석사 논문을 쓰며 여러 아티클을 찾아보던 중에 흥미로운 글을 읽은 적이 있다(어떤 기사였는지, 아니면 어떤 커뮤니티의 게시글이었는지 모호하다). '낯선 이에 대한 신뢰도'를 조사한 결과, 영국인이 가장 신뢰하는 사람은 '공원에서 운동하는 사람'이라는 내용이었다. 2위는 도서관에서 책을 읽는 사람, 3위는 반려동물과 산책하는 사람으로 기억한다.

아티클 끄트머리에는 이런 해석이 붙어 있었다. "공원에서 운동하는 사람들은 자기 관리 능력이 있고, 규칙적인 생활을 하며, 건강한 스트레스 해소 방식을 가지고 있을 가능성이 높다. 따라서 감정적으로 안정되어 있고, 타인에게 해를 끼칠 가능성이 낮다고 판단되는 것으로 보인다." 그때는 전형적인 서구식 억지 논리라고 생각했다. 운동한다고 좋은 사람인가? 그럼 헬스장 가는 사람들은 다 성인군자란 말인가? 한국에서 새벽에 한강을 뛰는 사람들을 보면서 '저 사람은 믿을 만하다'고 생각해 본 적이 있나? 나는 없다. 그런데 런던에 잠깐 살면서 그 이유를 조금씩 이해하게 되었다.

"Good morning runner!" 배터시 공원에서 처음 들은 말이었다. 안개가 자욱해서 10m 앞도 보이지 않는 아침이었는데, 어디선가 누군가 나에게 인사를 건넸다. 나는 당황해서 주변을 둘러봤다. 혹시 내 뒤에 다른 사람이 있나? 아니면 저 사람이 나를 다른 사람으로 착각한 건가? 그때까지 내가 알던 러닝의 예의는 간단했다. 우측통행(나라마다 다르다)하며 서로 방해하지 않기. 한강에서 뛸 때도 그랬다. 각자 이어폰을 끼고, 자신만의 세계에 집중하고, 굳이 낯선 사람과 눈을 마주치지 않는 것. 그게 배려라고 생각했다.

그런데 런던은 달랐다. 지나치는 러너끼리 잦은 인사가 오간다. 목례와 눈웃음은 아주 잦았고, "Morning!", "Keep it up!", "Looking good!" 같은 응원의 한마디도 종종 들을 수 있다. 처음에는 같은 공간을 뛰다 보니 이들이 서로 아는 사이인 줄 알았다. 아니면 내가 모르는 암묵적인 규칙이거나. 서너 번을 더 뛰고 나서야 그것이 하나의 문화라는 걸 알았다. 뛰는 사람들은 서로를 열린 마음으로 응원한다(물론 항상 모든 사람이 그런 것은 아니겠지만). 나도 어느덧 그 문화에 익숙해져 보니 내가 느낀 이유는 단순하다. 같은 시간에, 같은 장소에서, 같은 일을 하고 있다는 동질감이다.

이 도시에서는 '같은 일을 한다'는 것은 일종의 자격증 같은 거였다. 아침 7시에 일어나 운동복을 입고 집을 나선다는 것, 추위와 졸음을 이겨내고 발걸음을 옮긴다는 것, 그 자체가 하나의 증명이었다. 그래서 그들의 인사는 단순한 예의가 아니었다. 일종의 동지애다. 마치 전쟁터에서 만난 전우처럼 같은 고생을 하고 있는 사람에 대한 연대감이다. "Morning runner!"라는 인사 속에는 "너도 오늘 아침 침대에서 일어나는 게 힘들었지? 어젯밤 늦게 잤는데 그래도 나왔어. 우리 둘 다 정말 대단해"라는 의미가 담겨 있는 것이다.

이런 연대감은 어쩌면 인간의 본능적인 욕구일지도 모른다. 사회학자 에밀 뒤르켐Emile Durkheim이 말한 '집합의식'

의 가장 원시적인 형태, 같은 행위를 반복하는 집단이 자연스럽게 형성하는 유대감 말이다. 종교의식에서 함께 기도하는 사람들, 콘서트에서 같은 노래를 부르는 관객들, 그리고 새벽 공원에서 함께 뛰는 러너들. 종교나 콘서트와 다른 점이 있다면 아이러니하게도 러닝은 철저히 개인적인 행위라는 것이다. 아무도 나에게 뛰라고 강요하지 않고, 누구와 협력할 필요도 없다. 오직 나 혼자의 선택으로, 나 혼자의 의지로 하는 일이다. 그 개인적인 선택들이 모여 하나의 공동체를 만들어내고 있었다. 역설적이게도 가장 개인적인 순간에 가장 사회적인 경험을 하게 되는 것이다.

처음에는 이해하기 어려웠다. 한국에서 자란 나에게 '낯선 사람'은 기본적으로 경계해야 할 대상이었다. 지하철에서 눈이 마주치면 가벼운 목례 후 어색해서 시선을 돌리고, 엘리베이터에서는 층수 버튼만 뚫어져라 쳐다보며 나도 상대도 혹 불편하게 느낄 수 있는 행동을 하지 않는 게 배려라고 생각했다. 어른이 되면서 더욱더 남에게 영향을 주지 않는 것, 그것이 도시에서 살아가는 기본 원칙이었다.

겨울이 깊어지면 이 문화는 더욱 선명해진다. 12월의 어느 아침, 기온이 영하 5도까지 떨어진 날이었다. 호수가 얼어서 오리들조차 얼음 위를 조심스럽게 걸어 다니는 그런 날에도 공원에는 러너들이 있다. 입에서 나오는 하얀 김이 마치 작은 연기처럼 피어올랐다. 한껏 추워진 날씨 탓인지, 전날 밤 과제에 시달려 잠을 제대로 못 잔 탓인지 평소보다 뛰는 게 힘들었다. 숨이 턱까지 차올라서 걸음을 늦추려는 순간, 뒤에서 목소리가 들렸다.

돌아보니 70대쯤 되어 보이는 남자가 나를 추월해 지나가면서 엄지를 들었다. 그의 러닝 티셔츠는 수년간 세탁을 반복해서인지 원래는 파란색이었을 것 같은데, 이제는 푸르스름하게 회색빛이 돌았다. 가슴 부분에 있었을 아디다스 로고는 거의 사라져서 희미한 선만 남아있다. 그가 뒤돌아보며 건넨 미소에는 어떤 가식도 없다. 그저 진심으로 내가 잘하고 있다고 믿는 사람의 표정이다. 웃음 주름이 깊게 팬 그의 얼굴에서는 수십 년간 이런 식으로 사람들을 격려해 왔을 것 같은 자연스러움이 묻어났다.

'저 사람은 내가 누구인지도 모르는데, 내가 잘하고 있다고 어떻게 확신에 찬 목소리로 말하는 거지?' 그 한마디가 참 신기했다. 나는 분명히 힘들어하고 있었는데, 그는 내가 '잘하고 있다'고 했다. 한국에서라면 (아주 드물지만) "괜찮으세요?" 정도였을 텐데, 그는 내가 이미 잘하고 있다는 전제로 말을 걸었다. 마치 내 안의 어떤 가능성을 –나도 모르는 그 가능성을– 이미 보고 있는 것처럼.

그 순간 어쩌면 나는 그동안 나 자신뿐 아니라 다른 사람에게도 늘 조건부로 격려해 왔던 게 아닐까 라는 생각이 들었다. "좀 더 열심히 하면 잘할 거야", "계속 노력하면 성공할 거야", "다음엔 더 잘할 거야" 모든 격려 뒤에는 '지금은 아직 부족하다'는 메시지가 숨어 있다. 그런데 이 낯선 땅에서 처음 본 이방인에게 던진 런던 할아버지의 격려는 달랐다. 그는 내게 더 빨리 뛸 필요도, 더 멋있어 보일 필요도, 더 무엇인가가 될 필요도 없이 지금 이 순간, 추운 아침에 일어나 운동복을 입고 공원에 나와 한 걸음씩 앞으로 나아가고 있다는 그 사실 자체가 이미 충분히 훌륭하다고 말한 것이다. 물론 안다. 할아버지가 내게 보낸 응원이 그렇게까지 큰 의미는 아니었을 것이고, 그냥 일상적인 인사였을 수도 있다. 하지만 그가 건넨 말은 진심이었을 테고, 그를 받아들이고 더 힘을 내어보는 나의 용기 역시 진짜였다.

한번은 평소보다 긴 거리를 뛰다가 마지막 1km에서 완전히 지쳐버린 적이 있다.. 다리는 무겁고, 숨은 차고, 그만 멈추고 싶었다. 그때 길가에서 강아지를 산책시키던 아주머니가 말했다. "그냥 한 발씩 앞으로 내딛기만 하면 돼." 너무 멋진 말이 아닌가. 복잡하게 생각할 것도, 거창한 의지도 필요 없다. 그냥 한 발, 그다음 한 발을 내딛다 보면 목적지에 도달하게 되는 게 러닝이다.

이런 경험들 이후 나는 조금씩 바뀌기 시작했다. 힘들게 뛰고 있는 러너를 보면 박수 세네 번을 치며 "Almost there"을 외친다. 처음에는 어색했다. 영어도 서툴렀고, 발음도 확신이 없었다. '내 주제에?'라는 생각도 들었다. 하지만 놀랍게도 그 어색한 응원을 받는 사람들은 환하게 웃어주었다. 어떤 러너는 하이 파이브를 청하기도 했다.

매주 토요일 배터시 공원에서 하는 파크런에는 특별한 풍경이 있다. 참가자의 절반 정도는 실제로 뛰지 않는다. 대신 그들은 코스 곳곳에 서서 응원한다. 할머니들이 "Well done, love!"라고 인사하고, 아이들이 하이 파이브를 해주며, 아빠들이 "You're a star!"라고 외친다. 응원하는 사람들도 이를 바라보는 사람들도 즐겁지 않을 수가 없다. 누군가의 작은 도전을 함께 지켜보고, 그 순간을 나누는 것 자체가 의미 있는 일이 되는 순간이다. 배터시 공원에서 보낸 1년 반 동안, 나는 수많은 응원을 받았고 또 보냈다. 이 응원들은 단순한 예의나 친절이 아니었다. 그들은 진짜로 내가 잘하고 있다고 믿고 있었다.

유학을 마치고 서울로 돌아와 다시 중랑천에서 뛸 때 반사적으로 마주치는 러너에게 "Good morning!"이라고 인사했다가 무안하고 어색한 표정을 받았던 기억이 있다. 한번은 "화이팅"을 외쳤다가 상대방이 깜짝 놀라서 뒤돌아보는 바람에 민망했던 적도 있다. 지금은 많이 달라졌지만, 당시만 해도 우리나라에서는 뛰는 사람끼리 서로 모른 척하는 게 예의였다. 각자의 운동에 집중하고, 방해하지 않는 것. 그게 배려라고 여겨졌다.

이것 또한 또 다른 문화일 수도 있지만, 배터시에서의 경험을 겪고 나니 뭔가 아쉬운 마음이 들었다. 나는 조금씩 실험해 보고 싶어졌다. 적절한 타이밍에 작은 응원을 건네보기! 힘들게 오르막을 오르는 러너에게는 조용히 박수 세 번, 밤늦은 시간에 자주 마주치는 단골 러너에게는 가볍게 인사, 비 오는 날에 마주치는 러너와는 '너도?'라는 속마음을 나누듯 찡긋거리는 짧은 미소 보내기. 처음에는 어색해하던 사람들도 점차 익숙해졌다. 어떤 러너는 내가 먼저 인사하기 전에 손을 들어 보이기도 했다. 한번은 출근 전 무거운 나만의 미션을 수행하기 위해 혼자 힘들게 뛰고 있는데, 반대편에서 오던 러너가 "오늘 하루 수고하세요!"라고 말해줬다. 그 한마디에 아침이 환해지는 기분이었다.

지금도 가끔 생각한다. 배터시 공원의 응원 문화가 없었다면, 나는 어떤 사람이 되었을까? 누군가에게 응원해주고, 긍정의 에너지를 표현하는 것에 아마 지금보다 더 조심스럽고, 더 계산적이었을 것이다. 누군가에게 먼저 다가가는 것을 주저했을 테고, 작은 응원과 친절을 베푸는 것도 망설였을 것이다. 나는 안개 자욱한 배터시의 아침들에서 또 다른 가능성을 배웠다. 낯선 사람도 응원할 수 있다는 것, 그 응원이 진짜 힘이 된다는 것, 그리고 그런 작은 친절들이 모여 더 좋은 세상을 만들 수 있다는 것을.

비단 러닝할 때만이 아니다. 힘든 프로젝트를 앞둔 동료에게 "할 수 있어"라고 작은 응원을 건네거나, 야근하는 후배에게 "퇴근하자"라고 말한다. 처음에는 다들 의아해했지만, 이제는 내 캐릭터가 되었다. 어떤 동료는 농담처럼 "선임님의 오늘의 응원 한마디 없으면 일이 안 끝나는 기분이에요"라고 말하기도 했다. 물론 항상 긍정적인 응원맨이 되는 건 쉬운 일이 아니다. 스트레스받을 때는 나도 무뚝뚝해지고, 피곤할 때는 형식적 인사 외에 에너지를 쓰는 것을 꺼린다. 그래도 가끔 배터시의 아침들이 생각날 때면 누군가에게 작은 응원을 건넨다. 그 누군가의 하루를 조금이라도 밝게 만들 수 있다면, 그거면 충분하다.

배터시 공원을 떠나온 지 7년이 지났지만, 그때의 "Good morning runner!"와 할아버지의 격려는 아직도 내 귀에 맴돈다. 안개 속에서 건네받은 그 인사가 지금까지 내가 뛸 수 있는 이유 중 하나다.

꿈이 현실이 되는 곳,
바르셀로나
여행지에 뛰어 보기 3

고3 시절, 고등학교 도서관에서 우연히 발견한 가우디의 사진첩이 내 인생을 바꿨다. 예술 서적이라 대출이 안 되어 매일 점심시간 중 20분이나 할애해 들여다보던 책이다. 내 자리 앞에는 가우디의 카사 밀라 굴뚝 사진이 걸려있었고, 나는 그렇게 건축가의 꿈을 키웠다.

그리고 정말로 건축학과에 진학했다. 5년의 학부 생활 동안 바르셀로나는 내게 일종의 '성지'이자 언젠가는 가겠다는 '의지'이자 꼭 가보고 싶은 '로망'이었다. 건축 수업 시간마다 등장하는 가우디의 작품들을 보며 나의 바람은 더 커졌다.

런던으로 유학을 가면서 비로소 '나의 꿈=가우디 도시'에 말 그대로 가까워졌다. 런던에서 바르셀로나까지는 비행기로 2시간, 저가 항공으로 100유로면 갈 수 있는, 물리적으로도 심리적으로도 매우 가까운 곳이다. 언제 가야 할까? 어떤 타이밍이 완벽할까? 당장이고 갈 수 있는 곳이 되었지만 그래서 '대충' 가고 싶지 않았다. 제대로 보고 싶었다. 그렇게 미루고 미루다 졸업 전시를 끝내고 비자가 만료되기 직전, 유럽의 마지막 도시로 바르셀로나를 택했다. 석사 수료 후 런던에서 모든 정리를 마친 후의 일이었다.

나에게 바르셀로나에 가는 길은 굉장히 감정적인 시간이었다. 아쉽기도 하고 후련하기도 하고, 그래서 눈물도 자주 많이 났다. 졸업 전시 중 꽤 많은 스튜디오에서 일을 하자는 연락이 왔지만, 당시 내 비자로는 졸업 전시 후 한 달 내로 런던을 떠나야 했다. 비자를 서포팅해 줄 수 있는 스튜디오는 거의 없었다. 자의 반 타의 반으로 귀국을 선택해야 했기에 이런 기분으로 나의 사랑 가우디의 도시에 간다니, 19살의 내가 감동의 눈물을 흘린 그 건축물을 보고 기분 좋게 감동에 젖을 자신이 없었다.

우여곡절 끝에 유학 생활의 마지막 도시인 바르셀로나

로 향했다. 바르셀로나는 공항부터 "여기는 건축의 도시입니다"라고 말하는 것 같았다. 건축가 리카르도 보필의 '터미널 2'는 지중해의 빛을 건축으로 변환한 듯했다. 센트럴로 가는 길의 가로수들은 도시 계획가 일데폰스 세르다의 계획대로 줄지어 서 있었고, 햇살은 가우디의 곡선처럼 부드럽게 내리쬐었다. 바르셀로나 땅을 밟는 순간, 묘하게 경건해졌다. 8년간 꿈꿔온 도시에 드디어 발을 디뎠다는 실감이 들면서 동시에 흥분이 밀려왔다. '정말 여기가 바르셀로나구나.' 모든 건물이, 모든 거리가 (심지어 가로등까지도) 특별해 보였다.

다음 날 아침 일찍부터 카사 밀라 예약을 확인했다. 당일 예약은 불가능했고 가장 빠른 타임은 오후 4시 30분, 가장 더운 시간이라 아무도 잘 가지 않는 시간대였다. 오히려 좋다. 사람이 적으면 더 집중할 수 있을 테니까. 8년 하고도 하루를 더 기다려(어제 바르셀로나에 도착했으니) 카사 밀라를 본 순간, 소름이 쫙 끼쳤다. 사진으로 수없이 봤던 카사 밀라의 실제는 완전히 달랐다. 가우디의 곡선은 마치 바다의 파도가 그대로 건물이 되어 일렁이고 있었고, 건물은 살아있듯 숨을 쉬고 있는 것 같았다.

내부로 들어가 옥상에 올라 지붕 위에 솟아오른 굴뚝

을 드디어 눈앞에 맞이했다. 그 순간을 어떻게 표현해야 할까. 어떤 굴뚝은 전사의 투구 같았고, 어떤 것은 동화 속 요정의 집 같았다. 서로 다른 표정을 하고 있지만, 조화롭게 어우러져 있다. 오후의 강렬한 햇살이 굴뚝들의 표면을 따라 흘러내리면서 만들어내는 그림자의 변화가 숨 막혔다. 고3 때부터 상상해 온 그 모든 것이 눈앞에 현실로 펼쳐진, 8년 만에 마주한 꿈의 순간이었다. 시간이 멈춘 듯 그 자리에서 한참을 서 있었다. 솔직히 말하면 눈물도 났다. 더워서 흘린 땀인지 벅참으로 흐른 눈물인지 구분이 안 되었지만 말이다.

그날 밤 평생의 꿈을 이룬 기분이었지만, 동시에 허전한 마음도 들었다. 이런 감정을 어떻게 정리해야 할지, 뒤섞인 감정을 안은 채 잠을 설쳐 다음 날 이른 아침 눈이 떠졌다. 이럴 땐 러닝이 답이다. 몸을 움직여 어제의 감동을 소화하고 싶었다.

케팔로니아에서는 혼자만의 러닝이었다면, 바르셀로나는 도시 전체가 러너들로 가득했다. 베를린의 절제된 느낌과는 달리 더 자유분방한 모습으로, 어떤 사람은 상의를 벗고 뛰었고, 어떤 사람은 강아지와 함께 뛰었고, 또 어떤 사람은 친구들과 이야기를 나누며 뛰고 있었다. 세르다의 확장 계획이 만든 정방형 그리드는 러너를 위한 완벽한 트랙 같았다. 모서리가 잘린 독특한 팔각형 블록들은 달릴 때 시야를 확보해 줬고, 골목골목은 달리는 재미를 더했으며, 블록마다 새로운 풍경이 펼쳐졌다. 베를린의 직선 도로와는 다른 매력이다. 바르셀로나는 달리기의 도시였다.

바르셀로네타 해변은 1992년 올림픽을 앞두고 재생되었는데, 매일 아침 수백 명의 러너들이 지중해의 햇살을 맞으며 달린다. 약 4km에 이르는 해안선을 따라 완벽하게 정비된 러닝 트랙이 있다. 한쪽은 황금빛 모래사장, 다른 한쪽은 끝없이 펼쳐진 지중해, 그리고 해변을 따라 늘어선 야자수. 바르셀로네타에서 뛰는 기분은 마치 영화 속 주인공이 된 것 같았다. 아침 6시, 아직 해변이 한산할 때 달리기를 시작하면 점점 도시가 깨어나는 모습을 볼 수 있다. 관광객들이 나타나기 전의 그 짧은 시간, 서퍼들이 하나둘 바다로 들어가고 카페들이 문을 열기 시작하면 바르셀로나가 온전히 내 것인 것 같은 기분이 든다. 파도 소리도 케팔로니아보다 역동적이다. 도시의 활기와 어우러져 마치 응원가 같다. '더 빨리, 더 멀리'라고 속삭이는 것 같았다.

모래 위를 달리는 건 아스팔트와 또 다른 재미가 있다. 발이 푹푹 빠져 달리기 쉽지 않지만, 평소보다 더 많은 근육을 사용해서 그 자체가 하나의 운동이 된다. 내가 가장 좋아했던 건 해안선을 따라 왕복하는 코스다. 해변 끝에서 끝까지 달렸다가 다시 돌아오면 8km쯤 되는데, 가는 길에는 떠오르는 아침 해를 등지고, 돌아오는 길에는 햇빛을 정면으로 받으며 달릴 수 있다. 같은 길이지만 완전히 다른 느낌이다. 빛의 각도에 따라 바다색이 바뀌고, 파도의 느낌이 달라진다.

바르셀로나에서의 러닝은 감각의 향연이었다. 베를린의 장대함이나 케팔로니아의 고요함과는 전혀 다른 차원이다. 여기서는 모든 감각이 깨어난다. 지중해의 짠바람 냄새, 카페에서 풍겨오는 커피 향, 거리 음악가들의 기타 소리, 발 아래 부드러운 모래의 감촉, 눈부신 지중해의 청록색. 오감이 만족하는 러닝이 된다. 그중 가장 기억에 남는 건 파크 구엘에서의 러닝이었다. 가우디가 설계한 이 공원은 동화 속 마을 같다. 형형색색의 모자이크 벤치, 용 모양의 분수, 과자로 만든 것 같은 집들 사이를 뛰는 건 운동이 아니라 예술 작품 속을 걸어 다니는 느낌이다. 언덕을 오르면 숨이 차오르지만, 공원 정상에서 바라본 바르셀로나의 전경까지 완벽한 코스다.

바르셀로나에서 보낸 5일 동안 역시나 나는 매일 다른

코스를 뛰었다. 어떤 날은 고딕 지구의 좁은 골목길을, 어떤 날은 디아고날 대로의 넓은 길을, 또 어떤 날은 몬주익 언덕의 가파른 길을 달렸다. 길모퉁이마다 숨어 있는 작은 갤러리들, 벽에 그려진 거리 예술, 카페에서 흘러나오는 플라멩코 음악, 매번 새로운 발견을 하는 느낌이다. 바르셀로나에서 뛰면서 깨달은 건, 이 도시에서 예술은 '보는 것'이 아니라 '사는 곳'이라는 것이다. 가우디의 건축물이 박물관에 갇혀 있는 게 아니라 사람들의 일상에 살아 숨 쉬고 있다. 카사 밀라 앞을 지나가는 시민들의 표정을 보면 그들에게는 그냥 동네 건물일 뿐이다. 그 일상성이야말로 진짜 예술의 힘이 아닐까 싶다. 특별한 날에만 만나는 것이 아니라 매일의 삶과 함께하는 것 말이다.

바르셀로나는 내게 19살 때의 순수한 감동을 다시 느끼게 해주었고, 꿈꿔왔던 것들이 현실이 되는 순간의 벅참을 여전히 경험할 수 있다는 걸 알게 해주었다. 이곳을 오기 전 나를 무겁게 했던 비자 문제도, 앞으로의 불확실함도 아무것도 아닌 듯 잊게 해줬다. 지금도 나에게 가장 좋아하는 도시를 물어보면 주저 없이 바르셀로나라고 답한다. 그 후로도 세 번을 더 갔다. 2019년, 2021년, 2023년, 그리고 이 책의 초안 작업을 하는 지금, 나는 네 번째 바르셀로나에 있다.

바르셀로나는 내게 '꿈이 현실이 되는 곳'의 상징인지도 모른다. 고3 도서관에서 본 사진이 실제 경험이 된 곳, 막연한 동경이 구체적인 감동으로 바뀐 곳, 그래서 힘들 때마다 바르셀로나를 찾았던 것 같다. 다시 한번 꿈이 현실이 될 수 있다는 걸 확인하고 싶어서 말이다.

9월 중순부터 10월 초의 바르셀로나는 손에 꼽을 만큼 날씨가 좋다. 여름의 무더위는 사라지고, 선선한 바람이 불어오지만, 여전히 따뜻한 햇살이 내리쬐는 이때, 바르셀로네타 해변을 뛰는 건 그야말로 행복 그 자체다. 내 러닝 앱에서 서울, 런던 다음으로 가장 많이 뛴 도시가 바르셀로나일 정도다. 유럽 여행을 갈 때면 늘 바르셀로나를 먼저 들른다. 지중해의 모래와 햇빛, 사람들의 여유로우면서도 에너지틱한 분위기, 그리고 가우디를 비롯한 수많은 예술가의 작품들을 볼 수 있는 곳. 무엇보다 바르셀로나는 이 모든 것이 조화롭게 어우러져 있다. 고딕 지구의 중세적 골목길과 에이샴플레의 모던한 대로가 함께하고, 피카소와 미로의 현대 예술과 가우디의 독창적 건축이 공존한다. 전통적인 타파스(작은 접시 요리) 바 옆에 세련된 디자인 상점이 나란히 서 있고, 할머니들이 시장에서 장을 보는 모습과 힙

스터들이 브런치를 즐기는 모습이 한 화면에 담긴다.

이런 다층적 매력이 러닝할 때 더욱 선명하게 드러난다. 한 번의 러닝으로 중세와 현대를, 전통과 혁신을, 일상과 예술을 모두 경험할 수 있다. 어쩌면 이것이 바르셀로나가 나에게 특별한 이유인지도 모른다. 단순히 아름다운 도시가 아니라 매번 새로운 면을 발견할 수 있는 곳, 이것이야말로 바르셀로나의 진짜 매력이다.

죽기 직전까지
뛰어봤니?

신입사원 면접의 패기
(부제: 7.07)

유학에서 돌아온 2016년, 나이는 나이대로 무섭게 먹었고, 반 학기도 쉬지 않고 달려왔지만 -학사 5년, 군대 2년, 석사 1년 반- 한국 나이로 29살의 나는 여전히 경제적 독립을 못 한 취준생이었다. 이미 친구들은 승진해 대리 직급을 달았고 나를 만날 때마다 기분 좋게 카드를 긁어줬다. 그런 친구들이 고마웠지만, 한편으론 나는 언제 취업 턱을 쏠 수 있을지 걱정도 되었다. 먹고 살 문제에 당착한 것이다.

자기소개서와 포트폴리오를 만들어 여러 유수의 기업에 지원하려 채용 사이트를 들어갔지만, 내가 지원하고자

하는 분야는 대부분 3년 이상의 실무 경험이 '필수'로 적혀 있었다. 지원하기조차 클릭할 수 없다니. 달리기로 다져진 건강한 마인드셋과 회복탄력성을 어필할 기회조차 없는 상황이었다. 게다가 자격요건에 보수적인 기업들은 학사까지 실무와 연관이 있어야 했다. 건축학과 출신은 그래픽 디자이너로 지원할 수 없다는 의미다.

그렇다고 손 놓고 있을 수는 없기에 자격 미달일지언정 일단 노크는 해보자는 심산이었다. 첫 면접을 본 YG엔터테인먼트도 마찬가지였다. 4년 차 대리를 뽑는 공고였지만, 엔터테인먼트 기업이기도 하고 핑크 블러드(SM 음악에 반응하는 팬)로서 S사 음악을 주구장창 듣는 내 서류를 왠지 봐줄 것 같은, 아무 근거 없는 촉이 왔다. 그래도 양심은 있었는지 자기소개서 끄트머리에 "신입으로 4개월만 지켜봐주신다면 4년 차만큼 역량을 증명해 보이겠습니다"라고 간절함을 애써 감춘 듯한 자신감을 표현했다.

'석용이의 상상은 현실이 된다?!' 서류를 넣은 지 얼마 지나지 않아 정말 말도 안 되게 인사팀에서 연락이 왔다. 사회인으로서 첫 면접을 보게 된 것이다. 면접은 소개팅한다는 마음으로 나가야 한다고 건축학과 선배가 말했었나, '그래 나는 소개팅하는 중이다. 상대가 나를 좋아하도록

꼬셔보자!'

첫 면접은 실장님과 본부장님, 인사 팀장님이 하는 직무 면접이었다. 그들은 자격요건(4년 차)에 맞지 않아 서류 탈락이지만 당돌하게 지원했으니 면접 기회는 줘보자는 심산이었다고 했다(말은 그렇게 했지만 그래도 서류에서 어떤 가능성이 보여서였을 거라 생각한다). 사실 면접에서 무슨 말을 했는지 기억나지 않는다. 내가 한 말 중에 유일하게 기억 남는 건 "YG엔터테인먼트의 민○○(당시 S사 소속의 유명한 아트 디렉터)이 되겠습니다"였다. 서류 지원의 무모함 때문인지, 면접에서의 당돌함 때문인지 알 수 없지만, 나는 그 면접에서 합격했다.

직무 면접 후 정확히 2주 뒤, 대표님과 최종 면접을 보게 되었다. 직무 면접도 처음이었지만, 대표 면접은 더 처음이라 어떤 것을 물어볼지 예상조차 되지 않았다(직무 면접은 주로 업무적인 질문을 하니 어느 정도는 예측할 수 있다). '×× 최종 면접 후기', '○○ 최종 면접 팁' 등 다양한 기업들의 면접 후기를 구글링해 보았지만, 직무 면접보다 아티클이나 자료가 현저히 적었다.

YG엔터테인먼트 대표는 언론을 통해 꽤 봐왔기에 익숙하다고 생각했는데, 실제로 대면한 대표님은 생각보다

포스가 더 있었다. 인사와 미소는 따뜻했지만, 분위기에 압도당하는 기분이었다. 면접은 직무 면접과는 달리 (대표실 가죽 소파에 앉아) 예상보다 편한 상태에서 진행되었다. 물론 나는 앞에 놓인 물이 입으로 들어가는지 코로 들어가는지도 모를 정도로 긴장한 상태였지만 말이다. 그 물리적 안락함에 오히려 더 긴장했던 것 같다. 직무 면접의 딱딱한 의자가 그리웠다. 질문은 건축학과에서 왜 그래픽 디자인으로 전공을 틀었는지, 해외 유학 생활은 어땠는지 등 개인적인 질문부터, YG엔터테인먼트는 언제부터 관심이 있었고, 좋아하는 아티스트는 누구이며, 엔터 직군에서 어떤 것을 기대하고 지원했는지 등 회사와 관련된 질문까지 자연스레 이어졌다.

그렇게 대화가 잘 흘러가나 싶은 그때 연차 이야기가 나왔다. "4년 차를 뽑는 자리인데, 이렇게 신입이 최종 면접까지 왔네요. 우리가 석용 님을 뽑아야 하는 단 한 가지 이유가 있다면 그게 무얼까요?" 그 찰나의 순간(일기장을 뒤져보니 5초 정도 생각했다고 적혀있다) 내가 생각하는 나의 장점 리스트가 엔딩 크레딧처럼 스쳐 지나갔다. 죽음을 앞둔 순간 눈앞에 보인다는 그 엔딩 크레딧처럼 말이다(나에겐 그 정도로 아찔한 순간이었다). '그래, 이거다. 내 장점은

'한다면 한다'인데, 이걸 어떻게 설명하지?'

"앞서 말씀드린 러닝을 주 2~3회 하는데, 항상 러닝 앱을 켜고 달립니다. 러닝 앱을 활용하면 오늘의 목표 거리를 설정할 수 있습니다. 보통 6km를 설정하는데 날씨가 좋거나 컨디션이 좋다 싶으면 7 혹은 8km도 뜁니다. 그리고 무조건 제가 설정한 거리는 완주합니다. 2년 반 넘게 대략 200여 번의 러닝을 하면서 단 한 번도 중간에 포기한 적이 없습니다. 갑자기 비가 오거나 뛰다가 다리에 통증이 오고 발에 물집이 잡힌 듯싶어도 완주는 합니다. 그리고 1%를 더 뜁니다. 목표한 6km를 완주했다고 알람 멘트가 울리면 그 순간 조금 더 뜁니다. 이런 저의 태도는 제 삶의 가치관입니다. 주어진 목표치는 꼭 수행하면서도 언제나 '1% 더' 101%를 해내려고 합니다(대략 이런 내용이었다)."

그러고는 대뜸 뒷주머니 엉덩이에 깔려 있던 스마트폰을 꺼내 허둥지둥 러닝 앱을 켜 나의 러닝 목록을 보여드렸다. 다행히 대표님은 웃으셨다. 그런데 "대단하네요"라고 답하더니 대뜸 "즐거웠습니다. 석용 씨" 하고는 나가 봐도 좋다는 신호의 목례를 하는 게 아닌가. '아… 망한 건가?' 결국 나는 대표 면접에서 매우 당황함을 내비치며 "끝인가요?"라는 촌스러운 질문을 마지막으로 안락했던 가죽 소파 방을 나갔다. 순감 밀려오는 민망함에 뒤도 돌아볼 새 없이 곧장 지하철역으로 향했다.

역사 화장실에서 거울을 보는데 그제야 정신이 차려졌다. 후회가 밀려왔다. 심지어 준비했던 답변도 있었다. 다른 디자이너들과는 다른 커리큘럼을 밟았기에 나만의 작업 스타일과 개성이 있다는 것은 어필조차 하지 못하고 '뛴다면 뛴다'는 말만 하고 나오다니, 그것도 마지막 질문의 대답이었다니… 곱씹어 볼수록 질문에 적합한 대답이 아닌 것 같다는 이성적인 생각과 기회를 이렇게 코앞에서 놓쳐 버렸다는 아쉬운 자책의 감정적인 마음이 들었다. '드라마에서는 면접에 떨어진 주인공이 뭘 하더라? 일단 넥타이를 풀고, 갑갑하던 셔츠 단추 두 개도 풀어헤친다. 아, 포장마차에서 소주를 마시던데, 그러기엔 너무 이르니 우선 집에 가자.' 화장실에서 나와 개찰구에 교통카드를 찍는 순간 스마트폰에 메일 알람이 떴다.

"합격했습니다."

그렇게 나는 2016년 4월 취준생에서 직장인이 되었다. 신입사원 시절은 누구나 그렇듯 고통 그 자체였다. 101%의

오기와 패기를 어필한 면접은 면접이었고, 실전은 실전이었다. 일을 배우느라 정신이 없었고, 4년 차 대리를 기대했던 팀원분들에게는 매번 죄송한 마음만 들었다. 너무 힘들어 화장실에서 몰래 운 적도 있다. 101%는 둘째치고 일인분의 1.1%도 못 하는 것 같은 죄책감이 입사 초반을 지배했다. 누군가 버티고 버티다 보면 볕 들 날이 있다고 했던가. 당시 할 수 있는 건 진짜 버티는 것뿐이었고, 그렇게 버티다 보니 새로운 차원의 달리는 법을 선배님들에게 잘 배워 나갔다. 혼자 유튜브를 찾아보며 러닝을 독학할 때보다 훨씬 서포팅을 많이 받고 있으니 101%도 금방이겠구나 싶어졌다.

입사 후 엘리베이터에서 우연히 만난 대표님이 "요즘도 잘 뛰고 있어요? 야근하느라 뛸 시간이 없으려나"라며 안부를 물으셨다. 신입사원 때는 정말로 마른행주 물기 짜내듯 짬을 내어 달리다 보니 러닝 횟수는 줄었지만, 오히려 총 거리는 비슷했다. 아마 101%의 오기를 넘어선 분노의 질주가 아니었을까.

죽기 직전까지
뛰어봤니?

어느 아주 더운 날 늦은 오후, 체감온도 36도를 훌쩍 넘는 중랑천이었다. 태양이 '끓는다'는 표현이 가장 적절한 비유인 그런 날. 폭염특보가 연일 이어지던 2016년 여름은 유독 더웠던 걸로 일기에 기록되어 있다.

그럼에도 '굳이 굳이' 러닝을 하고 싶을 때가 있다. 일기예보에서 '야외 활동 자제'라고 친절하게 경고해 주는데도 괜히 반항하고 싶은 심리랄까. 이런 날에 땀을 더 쫙 빼고 싶은, 괜히 스포티한 도전 정신으로 도전해 보고 싶은, 생각해 보면 참 이상한 취미다. 더위를 피해야 할 상황에 자발적으로 더위 속으로 뛰어들다니 말이다. 나에게는 그런 겁 없는 날이 여름마다 꼭 있다.

그날도 그랬다. 에어컨이 켜진 집 안에서 러닝화 끈을 매며 '이거 정말 필요한 일인가?'라는 궁극적이며 근원적 의문이 잠깐 들었지만, 이미 러닝복을 입은 상태다. 문을 열고 나가는 순간 뜨거운 공기가 얼굴을 때린다. 이건 정말 '때린다'가 맞다. 마치 사우나 문을 열었을 때의 느낌이다. 참 이상하게도 일단 복장을 갖추고 나오면 돌아갈 생각을 하지 않는다. 늦었다고 생각할 때가 가장 빠른 거라고 하는데 러닝 앞에서는 이상한 오기가 생긴다.

처음엔 괜찮았다. 런던에서 귀국한 후 처음 경험하는 2년 만의 서울 여름 러닝은 '아, 확실히 습하네'로 시작해, '지구온난화가 정말 시작됐구나'의 걱정을 거쳐, '하, 진짜 너무하네' 탄식으로 이어졌다. 뒤이어 '지구야 미안해'를 외치는 4km 지점을 지날 무렵, 몸에서 이상 신호가 왔다. '숨이 턱끝까지 차오른다'는 노래 가사가 이런 의미였구나 싶을 정도로, 선천적으로 좋지 않은 심장이 터질 것 같았다. 아스팔트에서 올라오는 열기가 러닝화 밑창을 캐러멜처럼 녹일 것 같았고, 온몸의 근육이 저마다 비명을 질러댔다. 한 발 한 발 내디딜 때마다 시야가 흐려졌다. '이러다 정말 쓰러지는 건 아닐까?' 하는 생각에서 '나 쓰러지면 누가 업어주지? 구급차가 오려나?'라는 정신 나간 망상을 하며 결국 산책로 한가운데서 대자로 누워 퍼지고 말았다.

한낮의 열기로 달궈진 산책로를 걷는 사람은 강아지를 산책시키기 위해 나와야만 했던 선캡과 선글라스로 무장한 어머니, 아버지들뿐이었다. 나가고 싶다고 고집을 부렸을 강아지들조차 혀를 축 늘어뜨리고 그늘만 찾아다니는 더위였다. 겨우 몸을 일으켜 세워(실상은 기어가다시피 했다) 산책로를 벗어나 바로 옆 풀덤불에 대자로 누웠다. 풀덤불이라도 예외 없이 한껏 달궈져 있어 내 등을 지졌지만, 다시 일어날 기력도 없었다.

소금물로 범벅이 된 얼굴의 땀을 닦으며 헉헉거리고 있으니 내 옆을 지나가던 시바견인지 진돗개인지 커다란 갈색 강아지가 침을 줄줄 흘리며 나에게 다가왔다. 아마 동병상련의 마음이었을 것이다. "안 돼"라는 어머님의 말씀에 강아지는 아쉬운 듯 다시 제 갈 길을 갔다. 이런 내 꼴이 우스워 피식 웃는데 다시 숨이 턱 막혔다. "저 좀 살려주세요." 소리가 절로 나왔다. 강아지와 친구가 된 그날 나의 한계를 처음으로 제대로 느꼈다.

나는 그날의 한계를 느낀 경험을 '100'이라고 부르기로 했다. 말 그대로 내 한계치의 맥시멈, 이러다 죽겠다 싶은 그런 마음, 그 100은 꼭 한여름의 지글지글한 극적인 날씨에만 찾아오는 건 아니다. 유난히 피곤한 날에 달리면서 느끼는 한계도 있고, 반대로 너무 추워서 스트레칭하며 몸에 발열을 내는 것조차 부담스러운 날에도 찾아온다.

그 후로 나는 90을 찾아 더듬더듬 헤매기 시작했다. 어떤 날은 '덜 빡센데 더 뛰어보자', 또 어떤 날은 '아, 이건 100이 아니라 120이야' 하며 바로 지치기도 했다. 그렇게 다양한 변수를 경험하며 90을 찾는 여정을 계속했다. '90만 하자'라는 러닝 신조도 생겼다. 여기에는 '90은 하자'라는 마음도 있다. 더 힘을 낼 수 있을 때, 더 뛰어 볼 수 있을 때 나를 푸시하는 말이다. 나에게 90은 위험하지 않으면서도 최적의 퍼포먼스를 낼 수 있는 지점이다. 보통 러너들은 이를 '템포 러닝 구간'이라고 부른다. 숨은 차지만 어느 정도 대화는 가능한 정도, 힘들지만 일정한 속도를 유지하며 멈추지 않고 달릴 수 있는 상태를 의미한다.

어느 새벽, 아직 해가 뜨기 전의 중랑천을 달리다 문득 깨달았다. 내 호흡 소리가 귀에 들리기 시작했다. 발소리와 호흡이 자연스럽게 맞아떨어지고 시간 감각이 희미해진다. 달리고 있는가 싶다가도 달린다고 생각하지 않으면 달리는 것 같지 않고, 이어폰의 노랫소리에 집중하면 그 노래만 들리는, 마치 드라이브하는 느낌이다. 운전 중이라고 의식하고 있지 않아도 자연스럽게 핸들과 페달을 밟는 그런 느낌 말이다. 더도 말고 덜도 말고 딱 이 정도가 내가 그렇게 찾아 헤맸던 '90'이었다.

기록을 확인해 보니 평소 페이스보다 조금 빨랐다. 더 빠른 페이스였는데도 오히려 덜 힘들고 편안했다는 게 의아했다. 무리를 하는 100보다 더 멀리, 더 빠르게, 더 효율적인 90이라는 것이 존재하는구나! 이 경험을 어떻게 설명해야 할지 몰랐는데, 나중에 우연히 읽게 된 러닝 관련 아티클에서 답을 찾았다. (앞에서도 언급했던) 칙센트미하이의 몰입 이론에서는 최적의 경험은 도전과 기술이 균형을 이룰 때 일어난다고 한다. 너무 쉬워도, 너무 어려워도 몰입은 일어나지 않는다. 몰입 상태에서는 시간 감각이 사라지고, 자의식이 없어지며, 활동 자체가 즐거움이 된다. 마치 물이 흐르듯 자연스럽고 편안한 상태, 러닝도 마찬가지였다. 100은 도전과 기술의 균형이 완전히 깨진 상태다. 숨이 턱까지 차오르고 다리가 휘청거리는 그 상태에서는 어떤 즐거움도, 깨달음도 찾을 수 없다.

왜 베테랑 러너들이 "천천히 뛰어도 좋다"고 말하는지,

왜 마라톤 대회에서 "첫 구간을 날아가듯 뛰지 말라"고 조언하는지 알 수 있었다. 진정한 러닝의 즐거움은 한계에 도전하는 게 아니라 그 한계 바로 아래에서 균형을 찾는 것이었다. 90은 마치 연애 시절 썸과 같아서 의식해도 오지 않는 경우도 있고, 막상 생각하지도 않은 순간에 접신하듯 올 때도 있다. 의식하지 않고 조우하는 날에는 느낌부터 다르다. 평소보다 조금 빠른 페이스였지만 이상하게 힘들지 않고, 호흡은 가빴지만 고통스럽지 않았고, 날개 달린 것까지는 아니지만 마치 카트라이더 자동차에 부스터를 장착한 느낌이다. 그 미묘한 균형점 위에서 달리다 보니 5km 구간 기록이 23분대를 기록했다. 열심히 뛴다고 생각했을 때도 낸 적 없던 기록이다. 칙센트미하이는 이런 몰입 상태가 단순한 즐거움을 넘어선다고 했다. 도전과 능력이 균형을 이루는 그 순간, 우리는 더 나은 자신을 만난다고 했다. 처음에는 그 말이 거창하고 추상적으로 들렸지만 달리기를 통해 나만의 90을 만나며 조금씩 이해하기 시작했다.

이는 달리기를 넘어 일상으로 번져갔다. 업무에서 힘든 일이 생겼을 때, 마감이 다가와 숨이 막힐 것 같을 때, 하고 싶지 않은 일을 계속 해야 할 때 문득 생각한다. '이게 정말 100일까?', '지금 내가 느끼는 벽이 진짜 한계일까?' 러닝에서 배운 90의 감각이 러닝을 넘어 다양한 일상의 상황들을 객관화하는 도구가 되었다. 우선 포기하고 싶은 역치가 굉장히 높아졌다. 좀 더 끈질기게 해보려 노력한다. 스트레스든 내 역량의 한계든, 포기하고 싶은 마음이 들려 하면 두 가지 시나리오로 생각한다.

첫 번째 경우에는 복잡한 상황에 대해 조금 더 상체를 뒤로 젖혀 더 넓은 관점에서 보려 하는 습관이 생겼다. 그렇게 보면 정작 아무렇지 않거나, 별것 아니라 여기거나, 의외로 쉽게 해결될 수 있을 것 같은 자신감이 생긴다. 두 번째는 (여전히 맞는지 모르겠지만 내 내면에 한 번씩 나오는) 완벽주의를 깨고 오늘 할 수 있는 만큼만 하는, 밸런스를 맞추고 페이스 조절을 가능하게 했다.

몰입은 그렇게 더 긴 관점에서의 참을성도 가르쳐준다. 러닝에서 90을 유지하려면 결국 인내가 필요하다. 당장 더 빨리 뛰어 목표 지점에 도달하고 싶어도 그 욕심을 참고 지금 이 순간의 리듬을 유지해야 더 좋은 기록으로 목표 지점에 도달할 수 있다. 지금의 흥분으로 까딱 더 페이스를 올렸다가는 금방 퍼지는 것을 여러 번 경험했다(지금도 종종 그렇기는 하다).

일상에서는 역으로 생각하게 된다. 힘도 들고 스트레스도 받지만, 당장 결과가 보이지 않아도, 당장 확실한 성과가 없어도, 지금 할 수 있는 만큼 꾸준히 하다 보면 어느새 생각하지도 못한 지점에 도달해 있을 거라는 확신이 생겼다. 지금 하는 이 90의 기분을 계속 끌고 가면 나는 더 큰 성과를 맛보게 될 거라고.

장거리를 달릴 때처럼 삶도 결국은 페이스 메이킹이다. 죽을 것 같은 순간도, 포기하고 싶은 순간도, 결국은 지나간다. 중요한 건 그 순간을 어떻게 견디느냐다. 10년이 넘는 러닝과 사회생활을 하며 여전히 나는 계속 지금의 내 상황과 수준에 맞는 90 -죽지 않을 정도지만, 열심히 사력을 다해 뛰는- 을 찾으려 한다. 또한 어떻게 하면 더 쉽고 효율적으로 나를 푸시할 수 있는지 배우는 중이다. 완벽한 잠깐의 100을 쫓는 대신 지속 가능한 90을 찾는 것을 계속할 생각을 하면 '빡세다'는 생각이 들지만, '그래도 계속 이렇게 배우고 느껴야 할 것이 평생 남아있네'라고 생각하면 인생도 참 재밌는 것 같다.

밤에 뛰기
vs. 아침에 뛰기

출력실에서 만난 회사 동료 P가 아침 러닝을 시작했다고 신나게 자랑했다. "저 요즘 새벽 6시에 일어나서 뛰어요. 진짜 하루가 달라져요." 그는 마치 세상 모든 야근족을 구원할 복음을 전파하는 선교사 같은 표정이었다. "석용 님도 해보세요. 완전 추천입니다"라며 손을 번쩍 들어 가슴팍을 툭툭 치는 제스처까지 (얄밉게) 곁들였다.

일주일 후, 그는 몸살과 무릎 부상을 동시에 얻는 기록을 세우며 병원에 갔다. "새벽 러닝 때문에 감기에 걸렸어요"라고 하더니, 이틀 뒤엔 무릎이 아프다며 화려한 러닝

라이프의 짧은 막을 내렸다. P의 실패를 보면서 문득 궁금해졌다. 당시 유튜브에는 '새벽 5시 기상 챌린지', '아침형 CEO의 하루' 같은 영상들이 유행처럼 올라왔다. 성공이라는 게 일찍 일어나는 것과 정비례하는 양 사람들에게 전파되고 있었다. 실제로 내 알고리즘도 완전히 점령당했다. "당신도 해보세요! 인생이 바뀝니다!" 하는 섬네일들이 하루에도 몇 개씩 떴다.

그들 말이 틀린 건 아니다. 나도 한때 아침 러닝을 시도해 본 적이 있다. 아침 6시에 일어나 거리를 뛰고 나면 확실히 다른 기분이 든다. '뛰고 집에 돌아와 샤워해도 아직 8시도 안 됐다니' 하루를 더 길고 알차게 시작하는 것 같은 괜한 뿌듯함으로 출근길이 더 에너제틱해졌다. 그뿐만 아니라 더 열심히 사는 것 같은 착각까지 더해져서 그날은 업무에 집중도 잘 됐다. 분명 아침 러닝만의 매력이 있다. 문제는 일주일 정도 되니 뭔가 나에게 맞지 않는데 예쁘다는 말에 남의 옷을 애써 입고 있는 듯해졌다. 평생 오른손잡이였던 사람이 갑자기 왼손으로 글을 쓰려고 하는 것 같은 부자연스러움이 느껴졌다.

나는 뛰고 난 후 더 밝아진 아침이 부담스러웠다. 러닝을 마치고 나면 보통은 '오늘 할 일을 다 했다'는 마무리되는 느낌이어야 하는데, 아침에 뛰니 오히려 더 뛰어야 할 것 같고, 더 힘을 내야 할 것 같았다. 나에게 밤 러닝은 '오늘 하루 수고했어'라는 느낌이라면, 아침 러닝은 '이제 시작이야. 힘내야 해'라는 파이팅이랄까. 그래서인지 괜히 더 무리하게 된다. 실제로 아침 러닝을 하면서 몸살에 걸린 적도 있다. 10년 넘게 해온 내 러닝 루틴은 '하루의 마무리 리츄얼'로 이미 자리 잡아서이기 때문일 것이다(주말이나 여행지처럼 다음 날 부담이 없을 때나 컨디션에 따라 아침 러닝을 하기도 한다). 게다가 아침 러닝은 뛰고 나면 바로 출근이라는 엄청난 데일리 터닝포인트가 있지 않은가.

결국 나는 다시 밤으로 돌아왔다. (가장 이상적인 정시) 퇴근 후 저녁 8시, 나에게는 이 시간이 가장 자연스럽다. 10년 넘게 러닝을 하면서 알게 된 건 몸에도 취향이 있다는 것이다. 어떤 사람은 아침에 더 활기차고, 어떤 사람은 밤에 더 자유롭다. 나는 후자다.

밤 러닝에는 아침에는 경험할 수 없는 특별한 재미가 있다. 바로 사람들이다. 생각해 보면 나는 대학생 때부터 사람 구경하는 게 취미였다. 사람들의 평범한 일상의 한 장면을 보는 게 좋았다. 그들의 이야기를 상상하고, 하루를 추측해 보는 것. 그런 작은 관찰들이 모여 내게는 하나의 엔터테인먼트가 되었다. 한때는 일부러 출근 시간에 맞춰 광화문 스타벅스 2층에 앉아 있곤 했다. 그 시간의 광화문은 마치 거대한 개미집 같다. 아침 8시 직전이 되면 건너편 지하철역 5번 출구에서 사람들이 쏟아져 나온다. 대부분 검은색 코트나 정장 차림인데, 가끔 밝은 색 스카프를 한 사람이 눈에 띄면 '아, 저분은 오늘 저녁 약속이 있나 보다' 생각하며 이야기를 만들어간다. '소개팅일까? 일민 미술관 1층에서 함박스테이크를 먹을까? 하겐다즈가 올라간 와플도 먹어주면 좋겠다(요즘도 일민 미술관에 하겐다즈가 올라간 와플을 팔까?).' 아메리카노를 한 모금 마시며 또 다른 사람에게 시선을 돌린다. '서류 가방을 꼭 쥐고 가는 사람은 오늘 중요한 PT가 있나 보네.' '저 사람은 넥타이를 몇 번이나 고쳐 매는 걸 보니 면접인가 이 아침부터?' 하나둘 이야기를 만들어내다 보면 어느새 아침 9시가 된다. 사람들로 가득했던 광화문이 조금 한산해지면 나도 그제야 자리에서 일어난다. 하루 종일 사람 구경만 하고 싶지만, 나 역시 가야 할 수업이 있으니 5호선을 타고 왕십리로 향한다.

직장인이 된 후에도 분기에 한 번은 아무 목적 없는 오전 반차를 내고 이 취미를 즐긴다. 반차 사유란에는 '개인사정'이라고 쓰지만, 실제로는 '사람 구경'이었다. 혹시 들키면 어쩌지 상상해 보지만 아직 광화문 스타벅스에서 사람 관찰하는 나를 목격한 사람은 없다. 이 취미(버릇)는 밤러닝에도 그대로 이어진다. 정확히는 이것이 내가 밤에 뛰는 이유 중 하나다. 내가 발견한 건데, 아침과 밤의 사람들은 완전히 다른 종족이다. 물리적으로 말하면 벡터가 다르다고 할까. 아침에는 모든 사람이 마치 한 방향으로 흘러가는 개미 떼처럼 거의 동일한 속도와 방향을 가지지만, 밤이 되면 각자의 리듬으로 움직이는 개별 존재들이 되어 벡터 값이 완전히 제각각이다.

아침 사람들의 얼굴은 '미션 모드'다. 표정도 비슷하고, 걸음걸이도 목적이 뚜렷하다. 지하철에서 나와서 사무실까지 가는 최단거리와 최적의 속도를 몸이 이미 기억하는 것 같다. 생각이나 고민이 없으니 행동이 지체 없이 빠릿빠릿하여 무서울 정도다. 그 획일화 된 밀도 안에서 하는 상상이 나를 재미있게 해준다. 반면 밤 사람들은 훨씬 다양하다. 어떤 사람은 천천히 걷고, 어떤 사람은 갑자기 멈춰서 하늘을 본다. 또 어떤 사람은 저녁 약속에 늦은 듯 헐레벌떡 뛰어간다. 같은 길을 가더라도 속도도 다르고, 심지어 중간에 방향을 바꾸기도 한다. 그 예측 불가능함이 나에게 또 다른 매력으로 다가왔다.

회사에서 퇴근하고 집에 도착하면 보통 저녁 7시 반이다. 러닝복으로 갈아입고 러닝 스팟으로 나가면 8시가 조금 넘는다. 이 시간의 도시는 규칙이 없어 하루 중 가장 복잡하다. 퇴근하는 사람들, 저녁 일정을 위해 어딘가로 향하는 사람들, 마트에서 장을 보고 돌아오는 사람들. 모두가 서로 다른 속도와 리듬으로 움직인다. 종잡을 수 없다.

러닝을 하면서 가장 먼저 지나는 곳은 시장이다(운이 좋게도 지금까지 살았던 집들은 한강과 가까웠고, 가는 길목에 작은 시장들이 있었다). 치킨집에서는 기름 타는 소리가 지글지글 들리고, 분식집 아저씨는 아직 다 팔리지 않아 부르튼 꾸덕꾸덕해진 시뻘건 떡볶이를 국자로 뒤적이며 괜히 물을 더 부으신다. 24시간 카페 창가에 앉은 대학생들은 저마다 노트북 화면을 들여다보고 있다. 벌써 시험 기간인가 보다. 그들 중 한 명이 창밖을 바라보다 나와 눈이 마주친다. 모르는 사이지만 나 홀로 눈빛으로 화이팅을 보내며 머쓱하게 스트레칭하는 척 고개를 끄덕인다.

나의 러닝 스팟 중랑천에 도착하면 분위기가 완전히 바뀐다. 10분 전까지 들리던 도시의 소음 −자동차 엔진 소리, 경적 소리, 사람들의 대화 소리− 이 모두 사라지고, 물소리와 바람 소리가 귓가를 채운다. 처음에는 그저 단순하게 조용해진 것 같지만, 귀를 기울이면 더 다양한 소리가 사부작사부작 들린다. 물이 돌 사이를 저 나름의 속도로 당차게 흘러가는 소리, 풀 소리인지 그 위를 지나가는 공기와 바람 소리인지 아무튼 스르륵 스치는 소리, 보기엔 무섭지만 멀리서 들으면 시원한 개구리 울음소리 등등.

공기도 다르다. 까칠한 매캐한 배기가스 냄새 대신 풀 냄새와 물 냄새가 복잡하게 코끝을 간질인다. 비가 온 다음 날이면 흙냄새까지 더해져 내가 뛰는 곳이 정말 도시 한복판이 맞나 싶을 정도다. 가로등 불빛도 아파트나 상가의 형광등과는 다르다. 오렌지빛 가로등이 물 위에 반사되어 길게 흔들린다. 마치 물속에도 또 다른 길이 있는 것 같다.

유일하게 변하지 않는 건 사람들이 있다는 것이다. 다만 (앞서 이야기한 것처럼) 도심과는 다른 리듬과 다른 벡터값으로 움직인다. 강아지를 산책시키는 할머니는 강아지 걸음에 맞춰 걷는다. 호기심이 많은지 강아지가 나무 냄새를 맡으면 할머니도 급할 게 없다는 듯이 그 자리에 서서 강아지를 기다린다. 벤치에 앉아 전화 통화를 하는 청년의 목소리가 부드럽다. "응, 바람 불어서 엄청 시원해." 아마 연인과 통화하는 거겠지. 자전거를 타고 지나가는 아저씨는 애써 페달을 힘주어 밟지 않는다. 그냥 자연스럽게 흘러가듯 내 옆을 지나가며 이따금 멈춰 하천을 바라본다.

운동하는 사람들의 모습도 도심과는 다르다. 헬스장에서 운동할 때처럼 치열하지 않다. 스피드를 정하고 그 스피드에 나를 맡기는 것이 아닌, 내 몸이 따라가는 속도가 내 페이스가 된다. 조깅하는 아주머니는 걷다 뛰기를 반복하더니 갑자기 팔 스트레칭을 하신다. 철봉 맨몸 운동을 하는 아저씨는 한 세트를 마치고 나서 다음 세트로 넘어갈 생각이 없으신지 한참을 그대로 앉아 있다. 모두가 자신만의 속도로 움직인다. 유독 하천으로 오면 서두르는 사람이 없다. 그래서 이곳 풍경이 참 좋다. 분명 몇 시간 전만 해도 팀장님한테 혼나 남 같던 서울이 다시 따뜻하게 나를 안아주고 숨 쉬게 해주는 나의 서울이 된다.

밤 러닝을 하면서 발견한 건 이뿐만이 아니다. 계절마다 완전히 다른 경험을 한다는 점이다. 촌스러운 표현이라 생각하겠지만 사계절이 있는 이 도시와 나라(와 위도)가 좋다. 점점 극단적인 여름과 겨울만 남는 느낌이라 아쉽지만 말이다. 나중에 아이가 "사계절이 뭐야, 아빠?"라고 물어본다면 어떻게 표현해 줘야 할지 상상해 본다. 계절마다 끄적여 둔 밤 러닝 기록을 들춰본다.

봄밤에는 벚꽃이 땅에 수북이 쌓여있다. 나는 먹을 수 없는 팝콘처럼 나무에 달린 꽃일 때보다 낙화하여 떨어져 있는 순간이 좋다. 이미 떨어진 벚꽃잎이기에 밟아도 아깝지 않으면서 한편으로는 밟으며 달릴 수 있는 시기가 길어야 1~2주 정도라 너무 아깝다. 그래서 봄밤을 달릴 때면 1km마다 멈춰 선다. 눈과 다르게 밟아도 못생겨지지 않는 사랑스러운 벚꽃잎을 사진에 담기 위해. 다음 주면 없어지니 더 아쉬워서 사랑스러운지도 모르겠다.

여름밤은 후텁지근하지만, 변주의 묘미가 있다. 갑자기 소나기라도 쏟아지면 계획대로 흘러갈 수가 없다. 한 번씩 육교 밑에 숨어 비를 피하는데 빗소리를 듣고 있노라면 나도 모르게 시간이 늘어진다. 멍하니 서서 움직일 생각이 없다. 어떤 날은 비쯤이야 하며 생쥐 꼴로 빗속을 달린다. 여름 러닝이 힘든 이유는 더위보다 습함이다. 그 후덥지근함을 겪고 퇴근하는 날에는 '굳이 오늘 뛰어야 할까?' 싶어지지만, 땀을 한껏 흘린 뒤 하는 찬물 샤워의 맛을 알게 되면 중독된다. 여기에 딱복(딱딱한 복숭아)을 깎아 먹으면 금상첨화다.

공기가 후추처럼 살짝 매콤해지고 발 디디는 소리가 낙엽으로 부드러워지면 가을이 온 것이다. 나는 가을밤 러닝이 제일 아쉽다. 마음먹고 뛰러 오는 날이 점점 줄어들 테니 말이다. 추워지면 몸과 마음이 움츠러들어 자주 뛰지 않게 된다(잘 다치는 것도 이유이다). 가끔 찾아오는 여름밤 같은 날이 오면 그날은 아무리 피곤해도 뛰러 나온다. 멀어지는 가을이 다시금 온 것 같아 붙잡고 싶은 마음이랄까. 이래저래 나에게는 미련이 묻어나는 계절이다.

겨울밤은 가장 고요한 시기다. 겨울이 되면 자주 뛰러 나가지 못하기(않기) 때문에 뛰고 싶은 날을 선별하고 기다리며 근근이 러닝을 이어가려고 한다. 겨울밤 러닝은 손에 꼽긴 하지만 찬 공기를 마신 폐와 뜨겁게 달아오른 몸이 만나는 그 대비감이 매력적이다. 몸이 뭔가 복잡한 기계가 된 것 같은 느낌이 재미있다. 그리고 집에 들어와 온기가 몸에 스며들 때의 안도감, 뜨거운 물로 샤워를 마치고 내려 마시는 디카페인 커피, 같은 행위지만 완전히 다른 느낌으로 다가오는 겨울만의 선물이다. 까슬까슬하지만 따뜻한 매력이 있다.

각기 다른 계절을 몸으로 느끼며 달리고 나면 밤 러닝을 더 사랑하게 될 수밖에 없다. 러닝을 마치고 돌아오는 길에는 이온음료를 사기 위해 항상 같은 편의점에 들른다. 매번 같은 시간에 방문하다 보니 알바생과 서로 얼굴을 안다. 늦은 밤에도 있는 걸 보면 야간 타임 전담인 것 같다. 대화를 나눈 적은 없지만 내가 편의점에 들어서면 "오늘 1+1이에요"라고 말해준다. 나는 그의 이름을 모른다. 그도 내가 왜 이 시간에 땀에 흠뻑 젖은 러닝복 차림으로 오는지 모를 것이다. 하지만 이 시간에 깨어 이 도시에서 아등바등 열심히 살아가는 사람이 나 혼자는 아니라는 걸 우리는 알고 있다. 그 사실이 이상하게 안심된다. 이렇게 밤 러닝과 이 도시가 좋아지는 이유가 또 하나 더해진다.

8월 8일의
8.08K

일요일 밤 11시, 야근 후 귀가 택시 안에서 창문에 비친 내 모습이 흐릿하다. 머리카락은 이상한 방향으로 튀어있고, 저녁을 먹고 급하게 대응 업무를 하느라 양치질도 제대로 하지 못해 입안은 텁텁하고 찝찝하다. 그런데 이상하게 내 몰골과 달리 기분이 좋았다.

내일은 YG엔터테인먼트 입사 후 나의 첫 프로젝트가 세상에 공개되는 날이다. 입사 4개월 차 신입사원에게 이런 기회가 왔다는 게 신기했다. SNS에 올라온 티저에 달린 댓글들을 거의 초 단위로 새로고침하며 혼자 히죽거렸다. '내일 블랙핑크 데뷔가 기대돼요!', '콘셉트 디자인 너무 예쁘다' 등등. 그 콘셉트 디자인이라는 것이 참 묘한 게 내가 신입사원으로 일조한 것은 아주 미비하였지만서도 친구들에게는 "내가 디자인한 거야"라고 말했다(틀린 말은 아니다. 그렇다고 전체 이야기는 또 아니다). 정확히 말해 함께 수많은 밤을 바치며 다듬은 우리의 로고가 세상에 나온다. "앨범 크레딧에 내 이름도 적혀 있어"라며 가족 메신저에까지 도배했더니 아버지가 "그래, 그래. 우리 아들 자랑스럽다"며 어색한 이모티콘을 보내셨다.

집에 도착하니 자정이 넘었다. 드디어 발매 당일이다. 나는 이날을 기념하고 싶었다. '어떻게 기념하지?' 머릿속에 급하게 생각들이 떠오른다. 지금은 날짜에 맞춰 기념런을 하는 경우가 많지만, 당시 나는 스스로 매우 기발한 발상이라고 생각했다. '8월 8일 저녁 8시 공개, 8-8-8이라니!' 숫자 조합이 내 발상을 더 완벽하게 만들어 주는 기분이 들었다.

'8월 8일이니 8.08km를 뛰어야겠다.'

나는 숫자에 집착하는 버릇이 있다. 뭔가 중요한 일이

있을 때면 숫자로 의미를 만들어내곤 하는데, 사회생활을 시작하며 유독 심해졌다. 길을 걸으면서 앞 차 번호판을 보면 자동으로 규칙을 찾는다. 1293이라면 1+2=9/3이다. 어떻게든 덧셈, 뺄셈, 곱셈, 나눗셈으로 조합을 만들어낸다. 어차피 혼자 하는 놀이니 억지스러워도 상관없다. 전화번호도 이런 식으로 외운다. 그냥 외우면 금방 까먹는데, 숫자들 사이의 관계를 찾으면 머릿속에 오래 남는다.

시각에 대한 강박도 있다. 스마트폰을 켤 때 1:11이나 5:55, 12:34 같은 시각이 나오면 화면을 캡처한다. 3:32가 뜨면 1분을 기다렸다가 3:33이 되면 스크린숏을 찍는다. 이토록 완벽하게 쓸데없는 짓이 있을까 싶겠지만, 이런 시각들이 내게는 일종의 부적 같은 역할을 한다. 스마트폰 갤러리에는 시각 캡처 사진이 수백 장 저장되어 있다.

그날의 러닝도 마찬가지였다. 평소에 자주 뛰던 6km를 뛰려다가 8km로 정하니 딱 맞는 기분이 들었다. 8.08km(언제나 그랬듯 1% 더)라는 숫자가 프로젝트 공개일과 맞아 떨어져 더 완벽하게 느껴졌다. 이런 조합이 단순한 우연이 아닌 어떤 필연처럼 여겨졌다. 새벽 1시가 다 되어가는 시간이라 원래라면 그냥 씻고 잤겠지만, 지금 뛰지 않으면 기회를 놓칠 것 같았다. 참고로 나는 밤늦게 뭔가를 결심하면 꼭 실행에 옮기는 나쁜(?) 습관이 있다. 새벽 2시에 갑자기 방 정리를 한다거나, 밤 11시에 치킨을 시켜 먹는다거나, 그날도 그런 날이었다.

밖을 나서자 밤공기가 얼굴을 감싼다. 한여름이지만 새벽이라 그런지 생각보다 선선했다. 첫 1km는 늘 그렇듯 몸이 거부반응을 보인다. '집에 가자'는 신호를 보내는 다리를 억지로 움직이며 러닝을 이어간다. 2km 지점을 넘어서자 몸이 풀리기 시작한다. 그제야 주변을 제대로 볼 수 있다. 24시간 여는 편의점만 환하게 불을 밝히고 있다.

5km를 넘어서자 다리가 무거워지기 시작했다. 하루 종일 컴퓨터 앞에 앉아 있던 몸이 격렬하게 그만하라고 항의한다. 하지만 그날만큼은 나를 막을 수 있는 건 없었다. 그 피로감조차 좋았다. 몇 시간 후면 내가 디자인한 걸, 아니 내가 조금이나마 이바지한 걸 많은 사람들이 보게 된다는 생각에 가슴이 뛰었다.

새벽의 서울은 완전히 다른 도시가 된다. 심야 편의점 앞에서 홀로 라면을 먹고 있는 택시 기사님, 늦은 배송을 위해 오토바이에 박스를 가득 실은 배달 기사, 편의점 조끼를 입은 채 삼각김밥과 캔 커피를 먹는 청년. 모두가 각자의 이유로 깨어있다. 낮에는 '바쁜 사람들'이라는 하나의 집단으로 보였는데, 밤에는 모두가 개별적인 사연을 가진 사람들로 보인다.

6km 지점에서 잠깐 멈춰 물을 마시는데, 갑자기 웃음이 났다. '블랙핑크는, 대표님은, 팀장님은 지금 내가 이러고 있는 걸 상상도 못 하겠지.' 심지어 너무 벅차 고래고래 소리도 치고 싶었다. "저 오늘의 대박 성공을 진심으로 빌고 있어요!" 8km에 도달했다는 러닝 앱의 음성 안내가 들렸지만 멈추지 않는다. 마지막 80m가 하이라이트이기 때문이다. 애플워치 화면을 주시하며 8.07에서 8.08로 바뀌는 순간 빠르게 종료해야 한다. 새해 카운트다운을 기다리는 것과 같은 긴장감이다. 더 뛰어도 안 되고, 덜 뛰어도 안 된다.

8.08km. 드디어 시계에 숫자가 떴다. 묘한 성취감이 밀려왔다. 이 바보 같은 미션을 정말로 완수했구나. 몇 시간 후면 오픈될 프로젝트가 성공할지는 모르겠지만, 적어도 내가 할 수 있는 건 다 했다는 기분이었다.

블랙핑크는 데뷔와 동시에 음원 차트를 휩쓸었다. 각종 기록을 갈아치우며 말 그대로 대성공을 거뒀다. 때마침 그날은 신규사원 온보딩을 무사히 완료한 기념으로 동기들과 대표님이 함께하는 저녁 회식이 있었다. 회식 도중 오픈 시간 알람이 울리자마자 나와 대표님이 동시에 스마트폰을 들여다보았다(회식 참여자 중 이 프로젝트에 참여한 사람은 나뿐이었다). 그리고 서로 마주친 눈웃음으로 프로젝트의 성공에 대한 절실함을 확인했다. 물론 대표님과 나는 다른 스케일이겠지만, 나의 간절함의 크기도 만만치 않다는 걸 몇 시간 전 새벽 러닝으로 보지 않았는가. 8.08km가 행운을 가져다준 건 아닐 테지만, 그때의 나에게는 그 연결고리가 너무나 간절했다.

9년이 지난 지금도 중요한 프로젝트 전날이면 특별한 거리를 달린다. 6월 1일이면 6.01km를 뛴다던가, 열 달을 준비한 프로젝트라면 10.10km를 기록한다. 연차도 직급도 높아졌지만, 프로젝트를 대하는 마음가짐은 항상 비슷하다. '잘 해내고 싶다.' 그리고 숫자 러닝에 간절한 마음을 담아 성공의 기운에 도움을 주고 싶다는 순수한 마음도 여전하다. 모든 프로젝트가 블랙핑크와 같은 성공의 결과를 낸 건 아니지만, 적어도 후회하지 않는 마무리를 할 수 있는 이 러닝은 나의 또 하나의 루틴이 되었다. 매년 8월 8일이 되면 너무나 생생하게 기억나는 그날이다.

첫 러닝 대회
: 망했다

2016년 7월 어느 저녁이었다. 사무실에서 야근용 저녁을 먹으며 스마트폰으로 서울 레이스 사이트를 들여다보고 있었다. 입사한 지 3개월 차, 아직 신입사원 티를 못 벗은 내가 하프마라톤에 지원한다는 건 지금 생각해 보면 참 대단한 패기였다. (이불킥을 하고 싶지만) 당시 나는 신입사원의 패기가 모든 행동에 뿜어져 나오던 시기였다. 사회인이 되어 만든 신용카드를 받은 기념으로 친구들을 만나면 밥과 술을 사는 것은 기본이었고(심지어 나보다 연봉이 높은 친구들이 더 많았는데 말이다), 소액이지만 기부도 자주 했다.

지금은 대부분 그만뒀지만 이것저것 배우는 것도 많았다.

하프마라톤 참가는 그런 용감함의 일환 중 하나였다. 뭐라도 할 수 있을 것 같았다(제발 멈춰!). 돌이켜보면 그 패기가 귀엽기도 하고 안쓰럽기도 하다. 여름 러닝 시즌에 가장 멀리 뛴 기록이 17km였는데, 21km쯤이야 뭐 어렵겠나 싶었다. 마지막 목표 지점을 앞둔 그 4km가 얼마나 잔인한 거리인지 그땐 알지 못했다. 하찮은 패기는 사람을 이토록 무감각하게 만든다.

'하프마라톤 참가 신청 완료' 메시지가 뜨자 왠지 모를 뿌듯함이 들었다. 단순히 취미로 뛰는 사람이 아니라, 정식 대회에 출전한 '오피셜 러너'가 된 느낌이랄까. (아직 갖지 못했지만) 그 타이틀이 주는 자부심은 게임에서 다른 스테이지로 레벨업하는 것과 맞먹는다. '10월 9일 일요일' 달력에 빨간 펜으로 중요 표시도 했다. 심지어 D-50, D-30 카운트다운 체크도 했다. 7월이면 아직 한여름이고, 10월까지는 한 계절이 남았으니, 그 사이에 얼마나 많은 훈련을 할 수 있을지 기대감이 앞섰다(지금은 너무 더우니 조금씩 예열만 해야지).

7월의 나는 에너제틱했다. 칼퇴근보다 야근이 더 잦았고, 신입사원이라 더 힘들었지만 누적 피로도가 없어서인지 회복탄력성이 매우 좋았다. 밤 10시에 퇴근해도 10km를 거뜬히 뛰었다. 주말이 확실히 보장되어 있었던 것도 큰 차이였다. 토요일 오전에 늦잠을 자고 일어나면 중랑천을 따라 13~15km는 가볍게 뛰었으니 말이다.

당시 나는 체력도 체력이었지만, '회사원이 되었다'는 것에서 오는 기분 좋은 에너지가 넘칠 때였다. 드디어 사회의 일원이 되었다는 자부심, 사원증을 걸고 YG패밀리가 되었다는 흥분, 월급을 받는다는 뿌듯함, 명함을 건네는 순간의 짜릿함. 그 어떤 힘든 것보다 새로운 정체성에서 오는 흥분 상태가 나를 지배했던 시절이다. 그런 에너지가 러닝에도 고스란히 전해진 게 아닐까 싶다.

하프마라톤 신청을 하면서 머릿속으로 세운 계획은 완벽했다. 하프 정도는 유튜브에서 러너들이 말하는 내용처럼 조금씩 거리를 늘여가며 실전에 돌입하는 감각을 익히면 될 것 같았다. 8월부터 주 3회 이상 뛰면서 거리를 늘리고, 9월에는 20km에 도전하고, 대회 일주일 전에는 하프를 한 번 뛰자! 목표 시간 2시간 5분, 당시 내 페이스로 계산하면 무리 없이 달성할 수 있는 시간이었다. 무리하게 잡은 목표가 아니니 3개월이면 충분하다.

지금까지 나에게 러닝은 순수한 즐거움이었다. 조금 거

창하지만 내 자아를 느끼게 해주는 리츄얼 같은 (일주일에 서너 번은 뛰는) 의식이기도 했고, 스트레스가 쌓이거나 답답하면 중랑천으로 나가서 시원하게 뛰고 오면 그만인, 심플하고 깔끔한 유희였다. 딱히 목표도 없었고, 기록에 대한 부담도 없었다. 뛰러 나간 후부터는 포기하거나 뒤돌아보지 않지만, 뛰기 싫은 날에는 안 뛰어도 죄책감 같은 건 없었다.

하지만 대회 신청을 한 순간부터 조금 달라졌다. 러닝이 '해야 하는 일'이 되어서인지, 하프를 최종 목표로 잡고 뛰러 간 첫날은 두통이 살짝 왔다. 21.0975km라는 구체적인 목표와 석 달 뒤라는 마감이 생기자 마치 큰 면접을 앞둔 마음이었다. 올림픽에 나가는 운동선수와 견줄 수 없겠지만, 나에게 석 달 후의 하프는 올림픽이고 태극기를 가슴팍에 단 국가대표가 되는 날이었다.

그렇게 시작한 훈련(?)은 등록했던 패기와 달리 스트레스만 가득했다. 뛸 때마다 '과연 이 정도로 완주할 수 있을까?' 하는 걱정이 앞섰고, 러닝 앱 코치의 "조금 더 힘내보아요"라는 응원이 약 올리는 것 같아 왠지 모를 짜증도 났다. 러닝을 대하는 나의 태도가 처음으로 달라진 순간이다. 힘든 적은 있어도 싫은 적은 없었는데, 이런 내 마음조차 괜한 죄책감처럼 신경 쓰였다. 기분뿐 아니라 페이스와 거리도 의식하게 되고, 무엇보다 준비가 부족하다는 불안감이 계속 따라다녔다. 순수했던 즐거움에 의무감이라는 무거운 짐이 덧씌워진 셈이다.

대회를 준비하는 나와는 다르게 사회 초년생인 나는 또 달랐다. 트랙 위는 시간은 유독 더뎠지만, 합정동 오피스에서의 시간은 쏜살같이 지나갔다. 3개월이라는 시간이 얼마나 빨리 지나가는지, 그리고 그사이에 얼마나 많은 일이 벌어질 수 있는지 전혀 감을 잡지 못했다. 생각해 보면 정말 순진했던 시절이다. 7월의 나는 마치 모든 변수를 내가 통제할 수 있다고 믿었던 것 같다. 회사 일은 예측 가능한 선에서 진행될 거라고, 컨디션은 지금처럼 좋은 상태를 유지할 거라고, 러닝에 대한 마음가짐도 같을 거라고 말이다. 한마디로 미래의 나를 현재의 나와 똑같은 사람으로 가정하고 있었다. 그런데 미래의 나와 현재의 내가 같을 수 없다는 건 자명하다. 이토록 당연한 사실을 간과하고 있었다. 게다가 나는 더 이상 학생이 아니었고, 작은 이슈가 굴러 굴러 눈덩이가 되어, 다음 날 큰 변수로 바뀌어 내 한 주와 한 달을 장악할 것이라고는 3개월 수습을 막 마친 7월의 나는 전혀 예상하지 못했다. 더 근본적으로는 계획(혹은 희망)

과 실행 사이의 간극을 너무 과소평가했다. 머릿속으로 그리는 완벽하고 깨끗한 시나리오와 실제 벌어지는 우당탕탕 먼지 구덩이 현실 사이의 간극 말이다.

9월부터 연말 연초 컴백을 준비하는 아티스트들이 줄을 서기 시작했다. 우리 팀은 주말이 사라졌고, 밤낮이 바뀌었다. 퇴근이라는 단어 자체가 무색해졌다. 퇴근하고 싶다는 생각을 할 새 없이 시안 작업을 하고, 팀장님께 보여드리고, 다시 수정하고를 반복했다. 사무실에서 나온 시간은 새벽 3시, 귀가 택시를 타고 집에 도착하면 4시, 샤워하고 눈 깜빡하면 7시 반 출근 알람이 울린다.

대학생 때는 과제가 끝나면 (혹은 작업이 내 마음에 들면) 끝이었는데, 회사 일은 끝이 없다. 신입사원인 내가 하는 작업을 팀장님이 한 번에 마음에 들 일도 드물거니와 그렇게 단번에 컨펌이 나도 줄줄이 소시지처럼 이어진 다음 업무들이 손을 흔들며 나를 기다리고 있다. (내가 싫어하는) 러닝머신 위에 있는 기분이다. 움직이기 시작한 러닝머신 위에 올라간 이상 멈출 수 없다. 스스로를 모던타임즈의 찰리 채플린 같았다고 자평했다(지금 생각하면 고작 그만큼 일해 놓고 한탄이라니, 귀엽다). 서글프기도 하고, 막막하기도 하고, 앞으로 이런 생활을 30년이나 더 해야 한다니, 한숨이 푹푹 나왔다(아버지, 참 대단하세요!).

그렇게 내 몸은 물에 젖은 솜처럼 늘어져 갔다. 아무리 잠을 자도 피로가 풀리지 않았고, 계단을 올라가는 것만으로도 숨이 찼다. 간신히 짬을 내어 뛸 때는 다리가 납덩이처럼 무거웠다. 평소 같으면 가볍게 뛸 수 있는 10km도 끝없는 사막을 건너는 기분이었다. '이런 상태로 하프를 한다고?' 몇 번이고 대회를 포기하고 싶었지만, '오늘은 이만큼 뛰어야지' 설정하고 나면 어떻게든 해내는 나의 작은 성공들을 여전히 믿었던 것 같다.

'D-7 하프마라톤 대회'

긍정과 부정의 마음이 혼란하게 뒤흔들던 와중에 스마트폰 캘린더 알림이 떴다. 그제야 정신이 번쩍 들었다. 우물쭈물 마음만 다잡으며 한 달 넘게 10km도 제대로 뛰지 못했는데 하프마라톤을 뛴다니, 급한 마음에 새벽 퇴근길에 중랑천을 뛰어보았다. 숨이 차올랐다. 여름에 17km를 뛰던 그 사람이 맞나 싶을 정도로 몸이 무거웠다. 벼락치기라도 해보자는 심정으로 대회 일주일 전부터는 매일 10km를 뛰었지만, 21이라는 숫자는 괴물처럼 커질 뿐이었다. 차가워진 10월의 밤공기가 잔인하게 느껴졌다.

그렇게 잔인하게 10월 9일 일요일이 되었다. 토요일에 출근해서 업무를 미리 처리해 두고, 일요일 아침 6시에 기상했다. 덜 잤지만 여행 당일처럼 조금 자도 각성 상태가 되는 묘한 흥분감이 있었다. 레드불을 마신 탓인지 오히려 하이 상태였다.

서울광장에는 이미 수많은 러너가 몸을 풀고 있었다. 아침 7시인데도 시청 앞은 거의 축제 분위기였다. 색색이 러닝웨어를 입은 사람들, 전문 러너처럼 장비를 갖춘 사람들, 어정쩡한 복장의 나와 비슷한 사람들까지. 많은 사람들이 일요일 아침부터 하프를 뛰겠다고 모인 것이다. 그들에게는 분명 각자만의 이유와 목표가 있을 것이다. 나도 그 수많은 이야기 중 하나가 될 시작점에 서서 준비운동을 했다. 10월의 서늘한 공기였지만 그곳만큼은 사람들의 열기로 따뜻했다.

방송이 울리자 일제히 B구역으로 걸어갔다. 주변을 둘러보니 모두가 나보다 진지하고 옹골차 보였다. 러닝 전용

워치를 차고 페이스를 체크하는 사람, 허리춤에 찬 에너지 젤을 확인하는 사람, 미니 마사지건으로 근육을 푸는 사람, 아이패드에 스트레칭 관련 유튜브를 틀어두고 여럿이 함께 구호에 맞춰 몸을 푸는 무리를 보고는 왠지 모르게 덜컥 긴장되었다. 방학이 끝나 다들 오래간만에 모여 신났는데, 혼자 전학 온 애처럼 어색한 긴장감이 들었다.

물론 묘한 설렘도 있었다. 드디어 나도 (저들처럼) '진짜 러너'가 되는 기분이랄까. 그동안 혼자서만 사부작사부작 뛰었는데, 이렇게 많은 사람들과 함께 동시에 같은 곳에서 같은 곳을 바라보며 뛴다는 게 신기했다. 지금까지 나의 러닝은 철저히 개인적인 경험이었다. 뛸 수 있는 시간과 나를 기꺼이 허락해 준 중랑천 변, 그리고 새 운동복을 장만할 핑계를 만들어주지 않는 튼튼한 나이키 러닝복, 러닝화, 애플워치. 나만의 러닝 세트와 함께해 왔던 소소한 뜀박질을 아는 사람은 나뿐이다. 하지만 대회는 달랐다. 그곳에 모인 몇천 명의 사람들이 모두 같은 목표를 가지고 있다. 21.0975km를 완주하겠다는 의지, 그것만으로 하나의 공동체가 된 기분이다. 경쟁 상대이면서 동시에 동료인 그런 묘한 관계, 내가 조금 더 빨리 뛰어 더 좋은 기록을 내고 싶으면서도 상대가 포기하지 않기를 바라는 마음, 혼자 뛸 때는 절대 느낄 수 없는 에너지다. '러닝이라는 게 이렇게 공동체적인 경험이 될 수도 있구나.' 지금까지는 러닝을 혼자만의 고독한 취미 혹은 수련 정도로 생각했는데, 이렇게 많은 사람이 공유하는 하나의 '문화'였던 것이다. 출발선에 서서 가벼운 움직임을 하는 그곳의 사람들은 서로에게 옅지만 싱긋한 미소를 보낸다. 아마 뛰는 내내 서로 응원하는 마음이 더 생길 것이다. 각자 저마다의 기대감과 긴장감이 공기 중에 섞여 있는 것 같았다.

총성이 울렸다. "펑!" 하는 소리와 함께 아주 찰나의 정적이 흐른다. 그리고 바로 이어 수백 명의 발소리가 함성과 함께 아스팔트를 두드리기 시작한다. 처음에는 불규칙했던 발소리가 점차 하나의 리듬으로 합쳐져 간다. 마치 거대한 드럼 연주가 시작된 것 같다. 모두 다른 러닝화를 신고, 서로 다른 페이스로 뛰는데도 하나의 박자를 만들어내고 있었다. '쿵쿵쿵' 하는 단조로운 리듬이 아니라, '쿵-딱-쿵쿵-딱' 같은 복잡한 폴리리듬(두 개 이상의 다른 잇단음 리듬이 동시에 연주되는 것)이다. '덩기덕 쿵 더러러' 같은 장구 장단 같기도 하다. 가벼운 러닝화의 경쾌한 소리와 무거운 운동화의 묵직한 소리, 빠른 걸음의 촘촘한 박자와 느린 걸음의 여유로운 간격이 어우러져 하나의 음악을 만들어냈다. 그 소리 위로 러너들의 숨소리가 겹쳐진다. 거친 숨소리, 규칙적인 숨소리, 짧은 숨소리는 마치 관악기 연주처럼 들린다. 가끔 들리는 "화이팅", "가자"와 같은 응원 소리는 심벌즈나 트라이앵글처럼 음악에 악센트를 더한다. 나의 발소리도, 나의 숨소리도 연주의 한 부분이 되어 서울 시내로 퍼져나가고 있었다. 그 순간 거대한 오케스트라의 일원이 된 느낌이었다.

앞에 있던 사람들이 움직이기 시작하자 나도 어설프지만 자연스럽게 따라 움직였다. 출발선을 밟기까지 30초 정도 걸린 것 같다. 드디어 시작이다. 출발선을 통과하는 순간 기록 칩이 "삐" 하고 신호음을 낸다. 공식적으로 기록이 시작된 것이다. 이제 후퇴는 없다. 21.0975km를 뛰어 뚝섬 유원지 결승선까지 어떻게든 내 발로 돌진해야 한다.

처음 몇백 미터는 사람들로 붐볐다. 빠른 사람들은 나를 추월해 갔고, 페이스가 조금 느린 사람들은 내가 지나치기도 했다. 초반에는 서로 간격을 찾아가는 시간이다. 페이스를 올리고 싶어도 앞사람 때문에 올리기 어렵고, 느려지고 싶어도 뒷사람이 밀고 있어서 느려질 수 없다. 출발선에서 주고받은 옅은 눈인사처럼 우리는 분명 경쟁(?)하는 관계인데도 분위기는 전혀 살벌하지 않았다. 오히려 서로 배려하는 모습들이 많이 보였다. 신발 끈이 풀린 사람이 있으면 자연스럽게 피해 지나가고, 넘어질 뻔한 사람이 있으면 옆 사람이 잡아주기도 하며, 초반부터 힘들어하는 사람이 있으면 박수를 쳐주거나 응원을 건넸다.

1~2km 지점을 지나고부터는 각자 제자리를 찾아간다. 자기 페이스대로 흩어지기 시작한다. 나도 휩쓸리듯 뛰던 지점을 지나 내 속도를 찾아갔다. 애플워치를 보니 평소보다 조금 빨랐다. 기분이 좋아서 그런지 힘들게 느껴지지 않았다. 솔직히 말하면 내가 뛰어본 경험 중 가장 신이 난 순간이었다. 군대 전역 날 아침, 그때도 10월 말 가을 이른 아침이었다. 점호 후 부대 구보를 뛰던 그날 이후 이런 기분은 처음이다. 너무 클리셰지만 날아갈 것 같다는 게 이런 기분이구나 싶었다. 컨디션도, 무릎도, 애플워치로 확인한 호흡도 안정적이었다.

코스는 서울광장에서 시작해 종로, 동대문을 거쳐 마장교를 건너 한강 변으로 향하는 경로였다. 서울의 중심가를 관통하는 코스라 아침 일찍인데도 많은 시민들이 응원을 나와 있었다. 처음 보고 느끼는 풍경이다. 나를 위한 응원은 아니겠지만, 괜히 만화 주인공이 된 기분이었다.

6~7km 아직 여유가 있다. 오히려 컨디션이 조금씩 올

라가는 기분이다. 동대문 일대를 지날 때는 관광객들이 신기한 듯 쳐다본다. '이 페이스면 충분히 완주할 수 있겠다.' 머릿속으로 완주 후의 뿌듯함을 상상하며 계속 달렸다.

8km에 가까이 오자 신호가 오기 시작했다. 숨이 가빠지고 다리가 무거워졌다. 평소 같으면 이맘때쯤 몸이 더 달리기 모드로 전환되는데, 그렇지 않았다. 몸이 점점 저항하고 있었다. 마장교를 건너고 중랑천과 한강이 이어지는 구간으로 접어드니 확실히 힘들었다. 남은 60%를 어떻게 뛰지라는 마음이 들었지만, 반 가까이 지나왔다는 긍정의 힘을 믿어보자며 스스로를 달래 페이스를 유지했다.

한양대학교가 보였다. 모교다. 5년 동안 매일 지나다녔던 그 길, 대학생 때 러닝을 처음 시작하면서 뛰었던 바로 그 코스다. 첫 러닝 대회에 러닝을 처음 시작했던 장소를 지나가다니, 이건 마치 운명 같았다. 밤새 팀플 과제를 하고 새벽 4시에 잠깐 자취방에 눈 붙이러 가던 길, 동기들과 야간작업 후 포장마차에 떡볶이와 소주를 먹으러 간다고 원더걸스의 〈Tell me〉를 부르며 왕십리로 넘어가던 길, 연애하던 시절 울면서 한 시간을 통화하며 반복해서 걷던 그 길. 추억을 떠올리다 보니 다시금 힘이 나는 것 같았다. 내려가던 페이스를 다시 올려본다.

10km 부근에 오자 급수대가 나왔다. 급수대에는 물뿐 아니라 간단한 간식과 이온음료도 있었다. '와, 이거 완전 축제잖아!' 흥분한 나는 초코파이를 받아 들고 우걱우걱 씹으며 뛰었다. 순간적으로 당이 몸에 퍼지자 기분이 한껏 올라갔다. 모든 게 어이없을 정도로 (이래도 되나 싶게) 편안해졌다. 이게 마라톤인지 잠깐 뛰러 나왔다가 편의점에 가서 야식을 먹는 건지 모호할 정도다.

그게 실수였다. 흥분과 초코파이, 그리고 감정에 휩쓸린 페이스 상승. 이 모든 것이 완벽한 재앙의 베스트 오브 베스트 레시피였다. 초코파이가 위장에서 무겁게 뭉쳐 다시 초코파이가 된 느낌이었고, 물은 안 그래도 다른 러너에 비해 두툼한 내 배를 더욱 부담스럽고 출렁거리게 만들었다. 먹은 당분이 오히려 독이 되어 돌아오는 것 같았다.

결국 11km를 찍으며 그 대가를 치렀다. 그것도 방금 전까지 말했던 것들이 아닌 뜬금없이 찾아온 햄스트링 통증으로 말이다. 한양대가 보이던 시점부터는 '조금 뻐근하네' 싶었는데, 점점 찌릿찌릿한 통증으로 바뀌었다. 따가운 것도 아니고 퍽 아픈 것도 아닌, 말로 형용할 수 없는 새로운 차원의 통증이었다. 통증을 참으며 엉거주춤 뛰다 보니 결국 종아리에 쥐가 나기 시작했다. 다리에 전기충격기를 맞는다면 이런 느낌일까 싶다. 하는 수 없이 속도를 늦춰보지만 통증은 더 더해져 갔다.

그때의 무력감은 아직도 생생하다. 군대 전역을 3일 앞둔 날, 재입대하는 꿈을 꿨는데 딱 그런 느낌과 견줄 만하다. 내 러닝 라이프의 시작점에서 내 첫 대회가 끝나고 있다는 사실이 조금 우습긴 했다. 어찌어찌 다음 급수대까지 도착해 물을 마셨다(물은 또 잘 넘어가더라). 목이 너무 말라 벌컥벌컥 마셨는데, 아차 싶었다. 이번에는 배까지 다시 출렁거리는 느낌이었다. 마치 물풍선을 품에 안고 뛰는 것 같았다. 그렇게 절뚝거리며 걷고 있는데, 아버지 나이 정도 되어 보이는 분이 내 옆으로 슬며시 다가왔다.

"괜찮아요?"

"다리에 쥐가 나서요."

그는 주머니에서 조그마한 파스 스프레이를 꺼내 내 종아리에 뿌려주었다.

"스트레칭하고 천천히 걸어봐요. 무리하지 마요. 욕심내면 다치는 거야. 천천히 해."

파스의 기운일까, 짧게나마 스트레칭을 해보니 다시 뛰어갈 만했다. 단단하게 뛰어가던 아버님의 뒷모습을 보며 감사하다고 중얼거렸다(그는 그새 저 멀리 앞서가 시야에서 사라졌지만). 마지막 치트키로 준비한 에너지젤까지 먹었지만, 얼마 못 가 위장도 항복을 외쳤다. 나는 그렇게 멈춰 섰다. 고속도로에 비상 깜빡이를 켜고 갓길에 서 있는 고장 난 차가 된 기분이었다.

"죄송한데, 더 못 뛸 것 같아서요. 기권하고 싶습니다."

스태프에게 다가가 포기를 선언했다.

"아, 네. 괜찮으세요? 다치신 건 아니고요?"

"다리에 쥐가 나서 더 이상 뛸 수가 없을 것 같아요."

"알겠습니다. 기록 칩 반납해 주시고요."

걱정하는 말투와 함께 너무 별일 아닌 것처럼 대답해서 머쓱함과 민망함, 그리고 다행이다(?)는 마음이 복잡하게 뒤엉켰다. 작은 칩 하나가 내 첫 실패를 증명하는 증거물 같았다.

DNF: Did Not Finish. 내 첫 번째 러닝 대회의 결과다. 돌아가는 버스에서 창밖을 바라보니 여전히 많은 러너들이 묵묵히 자신의 길을 달리고 있었다. 각자의 페이스로, 각자의 리듬으로 한 곳을 향해. 어떤 러너는 대회를 즐기듯 여유 있게 달리고 있었고, 또 어떤 분은 죽을 것 같은 표정을 지으면서도 한 발 한 발 내딛고 있었다. 나는 그들 사이에서 중도 하차한 승객이었다. 버스 안에는 나처럼 포기한 사람들이 몇 명 더 있었다. 모두 말이 없었다. 실망한 것도 있겠지만, 어쩐지 서로 위로하기도 애매한 분위기였다.

나의 잘못은 첫째도, 둘째도 체력적으로도, 정신적으로도 준비 부족이다. 무엇보다 러닝 대회를 너무 쉽게 생각했다. 혼자 그날그날 컨디션에 맞춰 뛸 때와 대회에서 뛰는 건 완전히 다른 일이다. 나가고 싶은 날 일주일에 사흘 정도 나가는 게 나의 룰이었지, '이 날짜 이 시각에 죽이 되든 밥이 되든 뛰어야 해'를 해본 적이 없었다. 거리도 그날의 기분, 공기, 직감에 따라 '아, 오늘은 10km쯤 뛰어야겠다'가 전부였다. 거리와 시간에 대한 암묵적인 책임감 같은 것이 없는 러닝이었다.

'마라톤 대회에 나갔다'는 것 자체는 분명 의미 있는 일이었는데, 완주하지 못했다는 사실 때문에 실패했다는 패배감이 들었다. 참가비도 아까웠지만, 그동안 나름대로 준비했던 시간이 허무했다. 가장 아쉬운 건 첫 번째는 늘 특별한 의미가 있는 법인데, 하필 첫 대회가 DNF로 기록되어 버린 것이다.

그러거나 말거나 잔인하게도 아침은 또 밝아온다. 심지어 월요일이다. 월요일 아침이면 회사에서는 으레 하는 '주말에 뭐 했어요?' 수다가 시작된다. 선배들은 연인과 데이트했다느니, 가족과 시간을 보냈다느니, 집에서 쉬었다느니 하는 소소한 일상을 나누고 있었다. '마라톤 나갔다가 중간에 포기했어요'라는 말을 해야 했지만, 쉽게 입에서 나오지 않았다. 왠지 부끄러웠다. 완주했으면 분명 묻기도 전에 말했을 텐데, DNF라는 결과가 그 모든 이야기를 무색하게 만들어버렸다. 그냥 "집에서 쉬었어요"라며 짧게 수다에 끼었다(대회 후에 집에 가서 쉬었으니 거짓말은 아니다).

그 이후로 10km 대회를 세 번 더 참가했다. 기록이 나쁘지 않았지만 하프에서 DNF를 한 나에게는 덜 자극적이었다. 그로부터 9년이 지난 지금, 하프는 여전히 엄두가 나지 않는다. 꾸준하게 준비할 것들도 많고, 꽤 다양한 변수들을 담담하게 헤쳐 나가며 준비할 '각오'들이 많다는 걸 알게 되어서 그 무게감이 겁이 났다. 그래도 한 번은 (만 40살이 되기 전에) 다시 도전하고 싶다. 그때는 2016년 여름의 나처럼 막연한 자신감이 아니라 제대로 준비된 마음으로 말이다.

모든 사람이 신성시하는 이벤트에는 그만한 이유가 있다. 그것은 단순히 어려워서가 아니라, 그 과정에서 진짜 나를 마주하게 되기 때문이다. 한계에 부딪혔을 때 어떻게 반응하는지, 포기하고 싶을 때 어떤 선택을 하는지, 또 그걸 뚫고 성공한다면 어떤 모습일지, 그런 순간들이 나의 진짜 모습을 보여주는 거울이 된다.

그날 대회장에서 만난 사람들을 생각해 보면, 그들에게 마라톤은 단순한 운동이 아니었다. 새벽부터 일어나 몸을 추스르고, 몇 달간 꾸준하고 의연하게 준비한 것들을 점검하고, 아주 또렷하고 구체적인 목표를 향해 나아가는 그 과정에 대한 경외감 같은 것이 있다. 그들은 단순히 도전 정신을 발휘한 게 아니다. 진정한 도전 정신이란 결과에 대한 책임을 질 준비가 되어 있을 때 나오는 것이다. 완주할 수도, 못할 수도 있다는 불확실성을 받아들이면서도, 그 과정에서 최선을 다할 준비가 되어 있는 것 말이다. 그러려면 매일 러닝화 끈을 묶으며 '오늘도 한 걸음 더 목표에 가까워졌다'고 생각하는 마음, 비가 와도 바람이 불어도 나가서 뛰는 자신에 대한 자부심, 몸이 점점 강해지는 걸 느끼는 기쁨 등 그런 긴 과정을 사랑할 수 있어야 한다. 자신과의 약속에 대한 무거운 책임감을 기꺼이 감당하려는 마음가짐까지 말이다. 나는 그런 준비 없이 막연한 자신감(혹은 즐기는 마음)만으로도 할 수 있다고 착각했었다.

그래서 여전히 두 번째 도전이 겁나는 것일지도 모른

다. 대회에 나간다는 것은 그보다 한 단계 더 깊은 몰입과 헌신을 요구하는 또 다른 차원의 이야기이니깐 말이다. 단순히 몸으로, 정신으로 하는 준비가 아니라, 그 무게를 감당할 수 있는 성숙함이 필요하다. 성공하든, 실패를 '또' 하든, 그런 깊이까지 내려갈 준비가 되었을 때 다시 도전해봐야겠다. 그저 '해볼 만할 것 같아서'가 아니라, 정말로 그 과정과 결과에 대해 책임질 준비가 되었을 때 말이다. 그 무거운 마음을 역설적으로 또 한 번 순환하여 '즐길' 수 있을 때가 오리라 생각한다. 결과에 대한 집착보다는 과정에 대한 애정, 완벽함에 대한 강박보다는 성장에 대한 기쁨, 남과의 경쟁보다는 어제의 나와의 대화. 그런 태도를 자연스럽게 체화할 수 있을 때 비로소 마라톤 대회를 미뤄둔 숙제이자 해결해야 하는 짐이 아닌 축제로 즐길 수 있을 것 같다.

지금도 바삐 돌아가는 서울 어딘가에서 짬을 내어 뛰고 있는 사람들과 보이지 않는 연대를 느낀다. 러닝이라는 행위 자체가 가진 보편성 때문일까, 인류가 가장 원시적으로 해온 움직임이기 때문일까, 아니면 단순히 혼자서도 할 수 있으면서 동시에 누구와도 함께할 수 있는 그 묘한 특성 때문일까. 어떤 이유든 간에 러닝을 통해 느끼는 연대감은 다른 어떤 취미에서도 경험하지 못한 독특함이 있다. 첫 대회는 실패였지만, 이런저런 회고와 반성과 깨달음을 곱씹으며 다시 평소의 러닝으로 돌아오니 이런 깨달음을 준 러닝이 고맙다.

가끔 그날 다리 밑에서 아버님이 뿌려준 파스 냄새가 기억난다. 그의 파스는 실패해도 괜찮다는, 누구나 겪는 과정이라는 무언의 위로와 응원이었다. 나도 누군가에게 파스를 뿌려주는 날을 진심으로 기대해 본다(작은 파스 스프레이를 꼭 챙겨 가야지).

심플한 용기를
가질 수 있는 방법

회사 근처 삼겹살집 테이블에 둘러앉아 저녁 회식이 한창이었다. 여름의 시작을 알리는 장맛비가 창문을 두드리는 소리를 베이스 삼아 연기가 모락모락 피어오르는 철판 위에 지글지글 고기가 익어가는 소리, 소주잔이 짠하고 부딪히는 경쾌한 소리, 오늘 하루를 나누는 동료들의 웃음소리가 마치 한 편의 오케스트라 연주곡처럼 뒤섞였다. "석용 선임은 취미가 러닝이죠?" J책임님이 고기를 뒤집으며 물었다. "네, 주 3회 정도 뛰는데 한 6년쯤 된 것 같아요." J책임님은 고기 집게를 내려놓고 나를 쳐다보며 다시 물었다.

순간 그 말이 깊게 박혔다. 소주잔을 비우며 생각했다. 나는 일주일에 세 번, 같은 루트만 뛰고 있었다. 그게 루틴인 양 당연한 일이라고 생각했는데, 막상 물어보니 대답이 막혔다.

생각해 보니 6년 동안 뛰면서 러닝 코스를 바꿨던 적은 딱 세 번뿐이다. 이사(이건 어쩔 수 없다), 뛰는 코스에 행사가 있을 때, 봄철 벚꽃 축제 기간에는 중랑천과 한강 벚꽃길은 아예 포기해야 한다. 떡볶이 냄새가 풍기는 포장마차 사이를 비집고 달리는 것은 '이걸 참을 수 있다고?' 마치 나의 인내심을 테스트하는 매우 고통스러운 순간을 맞이해야 하기 때문이다. 마지막으로 자전거 도로화 공사 때문에 불가피하게 우회해야 할 때다(은근히 잦다. 나는 시멘트 가루를 마시며 달릴 만큼 열정적인 러너는 아닌가 보다). 이 세 가지 이유가 아니고서야 좌안 우안으로 방향을 바꾸는 정도다. 러닝 앱에는 '한 놈만 팬다'처럼 똑같은 루트가 수백 개 저장되어 있다. 지나간 발자국을 따라 또다시 발자국을 남기는 것도 나름 낭만적이라 생각했다.

어쩌면 그게 내 성격인 듯하다. 트렌드를 앞서가야 하

는 디자이너를 직업으로 삼고 있지만 삶에 있어서는 변화를 그리 달가워하지 않는다. 새 학년이 시작될 때마다 누구와 같은 반이 될지, 어떤 선생님이 담임이 될지, 반 배정에 불안감을 느꼈을 정도다. 물론 막상 일어난 변화에는 언제 그랬냐는 듯 재미를 찾으며 빠르게 적응하고 늘 반장을 도맡긴 했다. 유독 신학기가 시작되기 전날만 복통이 찾아왔다. 의사 선생님은 스트레스성 위염이라 했는데, 새 환경에 대한 스트레스였던 것 같다.

그런 내가 유학을 결심한 것은 지금 생각해 봐도 신기하다. 대학 시절 대외 활동으로 베이징에 가본 것이 유일한 해외여행이었던 나에게 낯선 땅에서 낯선 언어로 낯선 전공을 공부하는 것, 이보다 더 큰 변화가 있을까. 지금의 나에게 "런던으로 유학 갈래?"라고 한다면, 절대 안 갈 것이다. 삼중고(유학+해외살이+전공 변경)를 겪게 될 거라는 사실을 제대로 이해했다면 발걸음을 떼지 못했을 거다. 그때는 20대 중반의 객기 같은 도전이었던 것 같다. 아니면 모든 것이 한꺼번에 변하는 상황이라서 더 겁 없이 뛰어들 수 있었던 것일지도 모른다. 온탕에 발끝만 담그면 뜨겁게 느껴지지만, 온몸을 통째로 담그면 오히려 괜찮아지는 것처럼 말이다.

20대 후반 거대한 변화를 통해 변화에 어느 정도 단련 되었다고 생각했는데, 사회인이 된 후에도 여전히 새로운 시도에 대한 용기가 없었다. 더 정확하게 말하면 직업적 정체성이 확고해질수록 실험과 도전의 여지는 줄어들었다. 브랜드 디자이너로서 10년 차가 되어갈 무렵, 나는 매뉴얼대로 움직이는 기계 같았다. 상사가, 회사가, 클라이언트가 무엇을 원하는지 미리 알아채 그것을 정확히 제공하는 능력은 향상되었지만, 그 이상의 것을 보여주려고 하지 않았다. 물 흐르듯 달리던 익숙한 러닝 코스처럼 내 일도 익숙한 루트만 택하고 있었다. 매번 똑같은 코스를 뛰는 건 지겨운 일이 맞다. 나는 그걸 편안함이라고 여겼던 것 같다. 예측 가능한 10km, 예측 가능한 52분, 예측 가능한 완주 후의 뿌듯함. 그런 확실함이 주는 안정감에 익숙해져 있었다.

그날 저녁 J책임님이 던진 질문이 밤새 귓가에 맴돌았다. '평소와 다른 길도 달려보자.' 중랑천 변에서 오른쪽으로 틀지 않고 직진하는 정도의 작은 변화라 '용기'라고 부르기도 민망하지만, 당시 내게는 그 정도의 변화도 충분히 의미가 있었다. 이날은 뛰러 나가는 시간도 바꿨다. 새벽녘의 하천에는 물안개가 피어올랐다. 평소라면 오른쪽 산책로로 향했을 지점에서 나는 그대로 직진했다. 낯선 길이었지만, 물줄기는 여전히 내 왼편에 있었고, 러닝화는 여전히 내 발에 있었다. 그저 방향만 바꿨을 뿐인데, 많은 것이 새로운 감각으로 다가왔다.

처음 보는 아파트 단지들, 처음 듣는 물소리, 처음 맡는 풀 냄새. 5km를 달려온 지점에서 마주친 작은 다리는 유난히 인상적이었다. 녹슨 철제 다리인데, 아침 햇살을 받아 붉게 빛났다. 다리 아래에는 낚시하는 아저씨가 앉아 있었다. 그는 마치 시간이 멈춘 풍경화 속 인물처럼 미동조차 없었다. 다리를 건널 때 울리는 러닝화 소리가 묘하게 경쾌했다. '통통통' 작은 북소리 같았다.

다리를 건너자 갑자기 시야가 트였다. 그곳에는 작은 습지 공원이 있는데, 6월의 아침 햇살을 받아 반짝이는 습지와 갈대 사이로 날아오르는 청둥오리 한 쌍, 그리고 물 위를 살랑살랑 건너는 바람이 땀에 젖은 내 이마 위로 선선하게 불어왔다. 3년 넘게 뛰어온 동네인데 한 번도 보지 못한 풍경이 있었다는 사실이 신기했다.

집으로 돌아오는 길, 마음이 이상하리만큼 가벼웠다. 케케묵은 오래된 책장을 정리하고 난 후의 상쾌함이랄까. 그다음 주에는 근처 작은 산으로 향했다. 아스팔트가 아닌 흙길을 달리는 느낌은 또 달랐다. 바스락거리는 낙엽 소리,

더 깊게 들이마시고 싶은 상쾌한 공기, 마주치는 등산객의 반가운 인사. 무엇보다 좋았던 건 '길을 잃을 수도 있다'는 작은 스릴이었다. '문제가 생기면 돌아가지'라는 담대함도 생겼다. 평소에는 (특히 운동하면서는) 절대 경험할 수 없는 감각이다. 그저 평소의 루트에서 살짝 방향을 틀어본 것뿐인데, 너무 무겁지 않고 너무 부담스럽지 않은 그 작은 변화가 내게는 하나의 모험이 되었다.

2024년 가을, 친구의 추천으로 작사 수업을 듣게 되었다. 일기 쓰는 것을 좋아하고 K팝 듣는 것을 좋아하는 나에게 딱이라며 열정적으로 말하던 친구의 귀여운 추천 연설이 기억난다. 문학을 배워본 적도 없고, 음악을 전공하지도 않은 디자이너에게는 전혀 상관없는 분야지만, 그 호기심을 억누르지 않았다. 매주 토요일 오전 10시, 강남의 작은 학원에서 다시 학생이 된 나는 새로운 용기를 장착했다. 과제는 늘 어렵고 나만의 세계에 빠져 혼도 나지만, 나에게 있어 이 도전은 굉장한 의미가 있다. 러닝에서 시작된 그 작고 작은 용기가 내 삶의 다른 영역으로도 퍼져나가게 된 것이다.

지금 나는 이 책을 쓰고 있다. '내가 어떻게 글을 써'라며 말도 안 된다고 생각했지만, 한 줄 한 줄 써 내려가는 과정에서 '나'를 만나는 작업이 즐겁다. 용기가 반드시 거창할 필요는 없다. 엄청난 결심을 하거나 대단한 무언가를 이뤄내기 위한 것이 아니어도 괜찮다. 그저 평소의 루트에서 살짝 방향을 바꿔보는 것, 그 작은 변화를 만들어낸 작은 용기가 또 다른 변화를 만들고, 그것이 쌓여 어느 순간 나를 완전히 다른 풍경 속에 서 있게 해줄 것이다. '심플한 용기'라는 것은 이런 게 아닐까.

브랜드 디자이너로서 10년 차 커리어가 찼지만, 여전히 미래의 고민들 앞에서 나는 또 종종 망설인다. 하지만 이젠 복통이 올 만큼 두렵지는 않다. 한 번의 큰 점프가 아니더라도 매 순간 해내는 작은 스텝들이 모여 뜀틀 같은 계단을 만들어 주고 그것이 결국 변화를 만든다는 것을 믿는다.

오늘도 어디로 뛸지 정하지 않았다. 내키는 대로 뛸 것이다. 그것이 내가 10년간의 러닝에서 배운 가장 단순하고 가볍지만, 무겁고 중요한 용기다.

러닝 크루에 대한
짧은 고찰

회사에서 점심을 혼자 먹는 날이 거의 없다. 점심시간만 되면 내 안에서 사람 좋아하는 두 가지 댕댕이 모드가 작동한다. 하나는 혼자 남겨진 사람들을 자연스럽게 모으는 재주다. 정오가 되면 주변을 슬쩍 둘러본다. 이미 누군가와 약속이 있어 보이는 사람들은 패스하고 뭔가 혼자 먹을 것 같은 분위기의 동료들을 귀신같이 찾아낸다. "혹시 점심 드실 분 계세요?" 이렇게 물어보면 대부분 "아, 좋죠"라고 답한다(혹시 혼자 먹고 싶었던 분들이 계셨다면 죄송합니다). 그렇게 3~4명이 모이면 어느새 즉석 점심 모임이 완성된다. 이상하게 나는 아직은 어색한 사이인 동료들과 이런 식으로 밥을 먹는 게 재미있다. 어색함을 깨는 과정에 묘하게 흥미를 느끼는 것 같다.

두 번째는 밥 약속이 끊이지 않는다(자랑은 아닙니다). 혼밥도 나름대로 즐기는 편이지만, "내일 점심 같이 드실래요?"라는 제안을 받거나 하게 되는 일이 많다. 공수표로 던지는 '밥 한번 먹어요'는 실제 약속이 되어 캘린더를 채운다. 인기가 많아서가 아니라 그냥 함께하는 것 자체를 좋아하는 성격 때문인 것 같다. 별로 내키지 않은 메뉴일지라도 "같이 가요"라고 하면 따라나선다. 음식보다는 사람들과 함께하는 시간이 더 중요하다고 생각하는 편이다.

대학교 때도 그랬다. 도서관 열람실에서 혼자 집중하는 것보다는 친구들과 카페에서 (옆 사람들에게 방해되지 않게) 함께 공부하는 게 더 잘 됐고, 조별 과제가 나오면 은근히 기대했다. 대부분은 "또 조별 과제네"라며 한숨을 쉬었지만, 나는 새로운 조 구성원들과 어떤 케미를 만들어낼지 궁금했다.

이토록 소셜력이 좋은 나인데 이상하게도 러닝만은 달랐다. 누군가 "같이 뛰어요"라고 제안해도 "아, 전 혼자 뛰는 게 편해서요"라고 정중히 거절했다. 돌이켜보면 으샤으샤 같이하는 시끌벅적 운동의 대명사인 크로스핏도 딱 한 달만 하고 그만뒀다. 다른 회원들과 함께하는 WOD^{Workout of the Day}가 내 취향은 아니었다. 같은 동작을 하는데 누군가는 빠르게, 누군가는 더 많은 무게로 해내는 것을 옆에서 지켜보는 게 부담스러웠다.

특히 팀플레이로 경쟁하는 스포츠는 '내가 잘 못해서 팀이 지면 어떡하지?'라는 생각에 스트레스받는다. 운동 신경이 그리 좋지 않아 체육 시간에 좋지 않은 기억이 많아서 그런가 싶기도 하다. 축구할 때 공이 내게 오지 않기를 간절히 바라던 그 마음이 아직도 어딘가에 남아있는 것 같다. 그만큼 나는 같이 운동하는 것에 흥미를 덜 느끼는 것을 넘어 기피하는 경향이 있다. 다른 건 다 함께하는 게 좋은데, 운동만큼은(특히 러닝) 개인적인 영역으로 두고 싶었던 것 같다.

그런 내가 2019년 여름, 문득 함께하는 러닝이 궁금해졌다. 혼자 뛰다 보면 종종 러닝 크루를 마주치는데, 자주 마주치다 보니 서로 으샤으샤 하며 뛰는 모습이 보기 좋았다. 어쩌면 뭔가 새로운 자극과 변수가 필요한 시점이었던 것 같기도 하다. 비슷한 코스를 계속 같은 페이스로 뛰다 보니 권태감이 들기도 했던 시기였다. '그동안 내 취향이 아니라고 여겼던 같이 운동하기가 나에게도 맞지 않을까?', '이젠 어느 정도 뛰니 나의 러닝 스테이지에도 필요한 경험이 아닐까?', '그냥 습관적으로, 아니 어쩌면 괜한 두려움 때문에 피했던 건 아닐까?', '축구공을 피하던 중학생이 성인이 되어서도 여전히 함께 운동하기를 피한다면, 그건 선택이라기보다는 회피에 가까운 것 아닐까?' 이런 생각들이 들자 확인해 보고 싶어졌다. 무서운 치과 치료를 가능한 한 뒤로 미루듯, 피하면 피할수록 더 무서워지는 것들이 있다. 타인과 뛰는 러닝이 나에게 그런 존재였을지도 모른다.

무엇보다 좀 더 체계적이고 루틴한 러닝을 배우고 싶었다. 혼자 뛸 때는 그날 기분에 따라 거리도, 페이스도, 심지어 뛸지 말지도 즉흥적으로 결정했다. 정해진 시간에 정해진 장소에서 정해진 사람들과 함께 뛰는 시스템이라면 좀 더 규칙적이고 체계적인 러닝 습관을 기를 수 있지 않을까 싶었다. 함께 만든 시스템을 배우며, 나만의 시스템을 체화할 수 있을 거란, 조금은 이기적인 기대도 있었다. 타인과 같이 뛰는 건 런던에서 크리스와 열댓 번 뛰어본 게 전부라 (가끔 친구들과 뛴 적은 있지만 대부분 두 번째 러닝으로 이어지지 않았다), 내가 제대로 뛰고 있는지, 워밍업은 어떻게 해

야 하는지, 페이스 조절은 어떤 건지 등 경험 많은 크루원
들에게 자연스럽게 배울 수 있을 거라고 생각했다.

그렇게 나는 내 나름의 큰 용기를 냈다. 퇴근 후 여의도
공원에 모인 러닝 크루는 15명 정도의 규모였고, 대부분 나
와 같은 직장인들이었다. 처음 그들과 만났을 때의 긴장감
을 지금도 선명히 기억한다. 새 학기 첫날 전학생이 된 듯
다시금 복통이 오는 것 같았다. '여기서 내가 가장 못 뛰면
어떡하지?', '(그럴 리는 없겠지만) 중간에 집에 가고 싶어질
것 같은데' 쓸데없는 걱정들이 머릿속을 맴돌았다.

다행히 내가 선택한 크루는 느슨한 연대 방식을 가지고
있었다. 정식 가입이나 회비, 의무 참석 같은 부담스러운
조건들이 없었다. 그냥 되는 날 되는 사람끼리 가볍게 조인
하는 시스템이었다. 메신저에 "오늘 저녁 7시 여의도 공원
입구입니다"라고 올라오면, 올 수 있는 사람만 오는 식이
다. 못 와도 변명할 필요 없고, 와도 특별한 환영 세리머니
없이 짧은 인사만 나눌 뿐이다. 심지어 자기소개도 하지 않
았다(가장 피하고 싶은 시간이다). 그런 가벼움이 단체 활동
특유의 분위기에 부담스러움을 느끼던 내게 안성맞춤이
었다.

'퇴근 후 한잔'이 익숙한 여의도에서 '퇴근 후 러닝'이

라는 새로운 문화가 막 시작되던 때였다. 사내 동아리도 생겨나고, 러닝 후 뒤풀이 문화도 막 자리 잡던 시기였다. 밤에 회식하다가 주변을 돌아보면 노상에서 러닝복 차림으로 치맥을 먹으며 왁자지껄하는 모임을 심심치 않게 찾을 수 있었다. 뭔가 시대가 바뀌고 있다는 느낌이었다.

생각해 보면 함께라는 건 단순한 결속 이상의 뭔가가 있는 것 같다. 그룹으로 활동할 때 더 높은 동기를 얻고, 효율성도 높아진다는 건 나도 경험으로 알고 있다. TV에서 본 케냐 엘리트 러너들이 훈련소에서 함께 생활하며 그룹 트레이닝을 고수하는 것도 비슷한 이유일 것이다. 경쟁을 통해 서로에게 자극을 주고, 공동의 목표를 향해 나아가며 더 큰 성취를 이뤄내는 것 말이다. 고대 수행자들이 집단 수행을 중요시했던 것도 같은 맥락이다. 인간은 본래 군집의 동물이라고 하지 않나. 학창 시절에 팀플을 좋아하던 나도 그 진득하고 치열하고 뜨거운 열기를 선호했으니까(가끔 잡일을 할 때 일부러 친구들과 수다를 떨며 하는 것도 다르지만 비슷한 맥락인 것 같다).

긴장감과 기대감에 시작한 첫 크루 러닝에서부터 깜짝 놀랄 만한 결과를 얻었다. 평소 5km 27분대가 무난하던 기록이 23분대로 줄었다. '어? 이게 가능한 거였어?' 애플워치를 몇 번이나 다시 확인했다. 옆에서 누군가 함께 달린다는 사실만으로도 평소보다 더 많은 에너지를 발휘한다는 게 신기했다. 숨이 찰 때까지 달리는 구간도 있고, 쉬엄쉬엄 구호를 외치며 뛰는 구간도 있었다. 15명이 파도타기처럼 "화이팅"을 외치는 게 처음에는 어색했지만, 막상 해보니 묘하게 힘이 났다. 내 목소리가 다른 사람들의 목소리와 섞이면서 뭔가 집단적인 에너지가 생기는 느낌이었다. 내가 해주는 응원에도, 내가 받는 응원에도 든든함이 더해졌다. 뒤로 처지는 사람이 있으면 자연스럽게 속도를 늦추는데, 이때다 싶어 나도 덩달아 숨을 돌리는 기회(혹은 핑계)를 얻었다.

잘 뛰는 사람들과 소수 정예로 모인 날은 더 놀라웠다. 그날은 평소보다 참석 인원이 적어서 자연스럽게 상급자 그룹이 되었는데, 시작부터 달랐다. 워밍업도 더 길고 체계적이었고, 해부학을 독학한 리더의 스트레칭 리딩도 뭔가 달랐다. "오늘은 좀 빡세게 가보시죠!"라는 말과 함께 시작한 페이스가 혼자 뛸 때의 마지막 전속력 스퍼트와 비슷했다. 그 무리에서 가장 몸집이 크고 (즉, 몸무게가 많이 나가고) 덜 날렵한 나는 유격 훈련에 강제로 참석한 이등병처럼 마음과 몸이 따로 노는 것만 같았다. '이래도 되나?' 싶은 속도였지만, 이상하게 또 따라갈 수가 있었다. 평소 같았으면 1~2km 지점에서 "아, 안 되겠다" 하며 속도를 늦췄을 텐데, 앞에서 달리는 등짝을 바라보고 있으니, 포기라는 선택지가 사라졌다. 마치 자석처럼 끌려가는 것 같기도 하고, 밀려가는 것 같기도 했다.

가장 신기한 건 그 속도에 적응해 간다는 것이었다. 처음에는 '죽겠다, 죽겠다' 하던 심장이 어느 순간부터는 리듬에 맞춰 뛰기 시작했다. 숨이 거칠긴 했지만, 헐떡이는 수준은 아니었다(돌이켜보면 죽을 것 같긴 했다). 앞에서 달리는 사람을 따라가려는 본능 같은 게 있는 것 같았다. 본능이라기보다는 뭐라고 해야 할까, 혼자서는 절대 경험할 수 없는 '끌어올림' 같은 게 있다. 마치 내 한계선이 다른 사람들의 존재에 의해 위로 밀려 올라가 특이점을 마주하는 느낌이다. 혼자서는 절대 해보지 못할 모멘트였다.

크루 러닝은 다양한 변수들과 난이도를 마주하며 새로운 즐거움을 선사했다. 폭우가 쏟아지든 극도로 피곤하든 환경과 상황에 기대어 '오늘 하루만'이라는 게으름을 부릴 새 없이 크루원들의 한마디 한마디가 나를 공원으로 이끌었다. "석디 님, 오늘도 오셔야죠!" 얼굴을 강타하는 습기와 열기로 현관에서 러닝을 포기했던 날들이 주마등처럼 스쳐 지나간다. 크루에서는 그런 나약함(포기)이 허용되지 않았다(물론 강요하지는 않는다). 정확히 말하면 내가 다른 사람들에게 디모티베이션을 주고 싶지 않아 억지로라도 나갔다. 화이팅 정신을 증명하고 싶었나 보다.

폭염의 날씨는 오히려 크루를 더 단단하게 만드는 (무서운) 구실이 되었다. "이런 날 뛰어야 제맛이죠." 혼자 뛸 때는 컨디션에 따라 자연스럽게 조절할 수 있었는데, 함께 하다 보니 마음에 그런 여유가 점점 사라져 갔다. 그들의 열정과 의지는 분명 대단했지만, 시간이 지나면서 거기에는 '진짜 나'가 들어갈 자리가 없는 것 같았다. 조금씩 마음의 부담이 느껴졌다. 연애에서도 관계에 있어 부담이 느껴지는 것이 마음이 멀어지는 계기인데, 딱 내 마음이 그랬다.

'함께'라는 말이 주는 안정감과 에너지, '혼자'이기에 느낄 수 있는 자유로움 사이에서 나는 점점 더 후자에 기울어져 갔다. 나만의 루틴이 그리워졌다. 달리기 전에 하는 가벼운 스트레칭, 스트레칭을 핑계로 점점 미뤄지는 시간, 반환점을 찍으면 벤치에 누워 바람을 쐬는 순간, 플레이리스트에 집착하며 뛰는 동안 음악을 뚫고 쌓아가는 멍한 생각들, 그리고 러닝이 끝났음을 알리는 의식 같은 디카페인 아이스 커피 타임까지. 무라카미 하루키는 "달리기는 결국 고독한 스포츠다"라고 했다. 단순한 관찰이 아닌, 깊은 통찰이 담긴 문장이라 생각한다. 그 고독은 외로움과는 다르다. 외로움이 타인의 부재로 인한 결핍이라면, 고독은 온전히 자기 자신과 마주하는 상태다. 러닝할 때의 고독은 오히려 나를 더 선명하게 그리고 더 분명하게 만들어 준다. 내가 좋아하는 사소하고 작은 것들의 소중함을 깨닫는 것도 그 일환이지 않을까?

생각해 보면 우리는 일상에서 끊임없이 다른 사람들과의 관계 속에서 나를 정의한다. 회사 팀원으로서의 나, 아들로서의 나, 남자 친구로서의 나, 점심시간 댕댕이로서의 나. 혼자 달릴 때는 다르다. 가장 원초적이고 솔직하고 깨끗한 나와 만날 수 있다. 꼭 이렇다고 할 깨달음을 얻지 않아도 '아, 목표 채웠으니 집에 가서 커피 한 잔 내려 마시면 딱이다'라는 생각이면 충분하다.

러닝 크루에서의 짧고도 긴 두 달은 역설적으로 '혼자의 가치'를 더 선명하게 일깨워주었다. 함께하는 즐거움도 분명 있지만, 그 과정에서 나는 '진짜 나'로부터 점점 멀어지고 있다는 느낌을 받았다. 다른 사람들의 속도에 맞추고, 그들의 열정에 동조하고, 단체의 분위기에 어울리려 노력하면서 말이다. 그것이 나쁘다는 게 아니라 그저 내가 추구하는 러닝의 본질과는 다른 방향이었을 뿐이다.

8월의 마지막 날, 크루 리더에게 문자를 보냈다. 친절한 답장이 바로 왔다. "언제든 내키실 때 돌아오세요!" 그날 밤 오랜만에 혼자 10km를 달렸다. 그리고 평소처럼 차가운 샤워를 하고 에어컨 밑에서 아이스 커피를 내렸다. '역시 이 맛이지. 이 맛에 뛰지.' 수박바에서 많이 발전했다.

여의도를 중심으로 하는 러닝 코스는 거기서 거기다 보니 한 번씩 함께 달렸던 러닝 크루를 마주칠 때가 있다. 처음에는 민망함에 돌아가기도 했지만, 선뜻 먼저 인사해 주며 잘 지내냐며 진심 어린 반가움을 표하는 멋진 사람들과 함께 뛰었다는 게 감사하다.

최근에 러닝 크루가 많아지다 보니 마치 혼자 뛰는 것이 불완전한 선택인 것처럼 느끼는 사람도 있을 것이다. "누구랑 어디서 뛰세요?"라는 질문이 "어느 헬스장 다니세요?"처럼 자연스러워졌다. 심지어 내 주변 몇몇 친구들은 혼자 뛰기엔 자신이 없어서 러닝을 주저하기도 한다. 나는 그런 친구들에게 러닝을 함께하는 운동이 아닌, '또 다른 나의 시간'으로 생각을 조금 돌려보라고 말한다. 나에게 찬물 샤워 후 내려 마시는 아이스 드립 커피와 과거의 수박바가 그렇듯, 내가 그것을 좋아하는 이유가 선명해지면 어떻게 하든 더 좋아하게 될 것이다. 점점 더 좋아하는 일이 생기는 것만큼 신나는 일은 없다.

42.195km

내가 러닝을 좋아하는
열 가지 이유들

마라톤 대회에
나가지 않는 이유

러닝을 한다고 하면 빠지지 않고 듣는 질문이다. 마치 러닝의 최종 진화 단계는 마라톤 풀코스 완주라고 다들 생각하는 것 같다. 나도 첫 러닝의 시작은 그랬다. 누구나 궁극적 목표를 생각하며 시작할 테니까 말이다. "일주일에 두세 번 꾸준히 달려요"라고 답하면 "목표가 있나요?"라는 후속 질문이 따라온다. 이런 질문으로 이어지면 인터뷰당하는 기분이 든다. 좀 더 막역한 사이의 친구들은 "그럼

202

왜 달려?"라며 더 직설적으로 되물어본다. "아니, 그러니깐 이유가 있을 것 아니야!"

대회에 나가지 않고 어떠한 목표 없이 러닝한다고 말하면 "조깅이네요"라고 말하는 사람도 여럿 있다. 러닝과 조깅은 비슷한 듯 다르다. 조깅이 대화가 가능한 편안한 속도로 가볍게 달리는 행위라면, 러닝은 그보다 더 빠른 속도로 심박수를 높이며 달리는 데 초점을 맞춘다. 즉, 페이스를 가지고 길게 뛰지 않는 러닝은 암묵적으로 조깅, 마라톤이라는 큰 세리머니를 위한 훈련은 러닝으로 여기는 분위기다. 뭐 러닝이든 조깅이든 뭐가 중요한가 싶어서 이제는 러닝 이야기를 굳이 나에 대해 모르는 사람들 앞에서 가벼운 이야기 소재란답시고 말하려 하지 않게 되었다.

그러던 중 우연히 BBC 러닝 팟캐스트에서 흥미로운 이야기를 들었다. 마라톤 선수들을 코칭할 때 코치들이 자전거를 타고 옆에서 이렇게 외친다고 한다. "저 타워를 보고 뛰어!" 42.195km라는 압도적인 거리 대신 눈앞의 작은 목표들을 하나씩 정복해 나가는 방식이다. 처음 이 이야기를 들었을 때는 귀엽다는 생각과 함께 피식 웃음이 났다. '그럼 그 마라토너는 대회에 나가는 도시의 큰 랜드마크를 볼 때마다 트라우마가 생기겠는데.'

그런데 내가 그렇게 뛰고 있었다. 심지어 패턴도 있다. 첫째, 반환점을 도는 시점이다. 절반을 뛰었다는 러닝 앱 음성이 들리면 조금만 더 뛰기 위해 시야에서 가장 멀리 있는 (하지만 또렷하게 인지 가능한) 나무를 손으로 터치하고 돌아온다. 수영에서 몸을 한 바퀴 회전해 발로 벽을 차고 나가는 플립 턴^{Flip Turn} 같은 느낌이다. 물론 그렇게 상징적이고 파워풀하고 섹시하지는 않다.

둘째, 힘들 때는 작은 목표 지점들을 정하며 뛴다. '저기 따릉이 대여소까지', '저 큰 교각 큰 기둥까지만', '저 벤치에 앉아계신 할머니 옆에 앉아서 조금만 앉았다가 뛰자' 등등. 그렇게 '조금만 더'를 반복하다 보면 어느새 계획했던 거리를 훌쩍 넘어 두 배를 뛰었을 때도 있다. 팟캐스트에서는 이런 방식을 '청킹^{Chunking}'이라고 설명했다. 찾아보니 거대한 목표를 작은 덩어리로 쪼개어 인지적 부담을 줄이는 심리학적 기술이라고 한다. 우리 뇌는 한 번에 많은 정보를 처리하기보다 작은 단위로 묶어서 기억하고 실행할 때 효율이 높아진다고 한다. 마라톤에 이 기술을 적용하면 42.195km가 아니라 42번의 1km를 뛰는 것이 된다. 마지막 0.195km는 "신이 주는 깜찍한 보너스^{A cute little bonus from God}"라고 진행자가 말했다.

팟캐스트에서 가장 인상 깊었던 건 게스트로 나온 은퇴한 한 마라토너의 이야기였다. 그는 자신의 최고 기록을 세운 날 단 한 번도 완주를 생각하지 않았다고 했다. 대신 500m마다 새로운 목표를 정했다. 왼쪽에 보이는 나무, 오른쪽의 가로등, 저 앞의 급수대, 그렇게 84번의 작은 목표들을 이뤄냈더니 어느새 결승선이었다고 했다. 결국 결승선보다 중요한 건 그곳에 이르는 과정에서 만난 크고 작은 수많은 순간들이 아닐까.

작가 스티븐 킹의 《유혹하는 글쓰기》에도 이런 내용이 있다. 그는 매일 아침부터 점심 무렵까지 2,000단어를 쓴다. 하루에 4~6시간을 읽고 쓰는 것이다. 그는 "시간을 낼 수 없다면 좋은 작가가 될 거라고 기대하지 마라"라고 했다. 글쓰기를 "찰나의 영감이 아닌 끊임없는 노동"이라고 표현하면서도 "글을 쓰는 과정이 재미없으면 그 글은 분명 형편없는 글이 될 것"이라고도 했다. 책의 머리말이 특히 인상적인데, 소설가들은 자기들이 하는 일에 대해 그리 잘 알지 못하고, 소설이 훌륭하거나 형편없는 까닭이 무엇 때문인지 정확히 모른다고 했다. 그래서 글쓰기에 관한 책은 헛소리로 채워지기 쉽다면서 책을 짧게 쓰면 헛소리도 줄어들 것이라 생각했다고 한다(지금 내 글이 길어지고 있는 것 같은데…).

마라톤이 아닌 가벼운 러닝(혹은 조깅)도 마찬가지가 아닐까? 우리는 어쩌면 스스로 달리기에 대해, 그리고 왜 달리는지에 대해 정확히 알지 못하는지도 모른다. 그래서 누구나 한 번쯤은 이루고 싶어 하는 마라톤 풀코스 완주나 서브스리 같은 거창한 목표를 세우는 것일지도. 마치 소설가가 되면 '그래 이젠 베스트셀러를 써 보자'라고 생각하는 것처럼 말이다.

스티븐 킹의 하루 2,000단어는 마라톤 코치가 말한 "저 타워를 보고 뛰어"와 묘하게 닮아있다. 둘 다 거대한 목표를 작은 단위로 쪼개는 청킹이다. 소설 한 권을 쓰는 대신 하루 2000단어를, 마라톤 완주 대신 저 타워까지 뛰는 것. 결국 스티븐 킹도 매일 아침 자신만의 타워를 보며 글을 써 온 것이다. 오늘은 이 장면까지, 내일은 이 대화까지, 모레는 이 전개까지, 그렇게 하루하루 쌓아 올린 단어들이 한 권의 책이 되었을 것이다. 《유혹하는 글쓰기》 띠지에는 "나는 이렇게 독자를 사로잡았다!"라고 쓰여 있는데, 아마 '독자를 사로잡기 위한 책'부터 목표로 삼았다면 이렇게 맛있고 쫄깃하고 솔직한 글을 쓰지 못했을 수도 있다.

그들의 이야기에 위안받으며, 또 신뢰 삼아 나 역시 굳이 대회에 나가는 목표를 갖지 않아도 언젠가는 자연스럽게 마라톤 풀코스에 도전할 수 있는 시기가 오지 않을까 생각해 본다. 스티븐 킹이 말한 것처럼 과정이 재미없으면 결과도 형편없을 테니 지금은 그저 해왔던 대로 매일의 작은 러닝을 즐기고 싶다. 아직은 마라톤 완주라는 하나의 큰 결과를 위해 매일의 러닝을 고통스러운 훈련으로 만들고 싶진 않다(지금도 충분히 러닝은 나에게 의미 있는 고통이니까). 오늘도 러닝이 즐거웠으면 좋겠다는 생각으로 저기 보이는 가로등까지, 그리고 그다음 큰 나무까지 달려야겠다.

내가
부주상골증후군이라니

2024년 12월 연말, 당시 다니던 T사에는 겨울 방학이라는 복지 제도가 있었다. 크리스마스 일주일간 전사가 오프하여 함께 쉬는 제도다. 2021년에 입사했으니 벌써 네 번째 회사 겨울 방학을 맞이하는 해였다. 이야기에 앞서 솔직하게 고백하자면, 나는 추운 겨울을 싫어한다. 단, 12월 1일부터 31일까지 딱 한 달간의 연말 분위기를 제외하면 말이다.

이유를 나열하자면 러닝 이야기보다 더 길어질 것 같지만 우선, 크리스마스 캐럴을 애정한다. 그렇다고 캐럴을 일 년 내내 들으면 매력도가 떨어진다(실제로 캐럴이 너무 좋아

시즌에 상관없이 들었는데 그 맛이 나지 않았다). 정확히 말하면 겨울의 크리스피함과 함께 듣는 캐럴의 분위기를 좋아한다.

둘째, 스타벅스 토피넛 라테를 좋아한다. 캐럴과 비슷한 맥락이다. 정확히 '겨울에 파는 휘핑크림과 토피넛이 잔뜩 올라간 따뜻한 스타벅스 토피넛 라테'여야 한다. 추가로 빨간 데코레이션이 적당히 가미된 매장의 나무 테이블에서 먹어야 제맛이다. 이 분위기에 관해서 서술하자면 벌써 침샘이 고이기에 기회가 된다면 '난생처음 토피넛 라테'로 시리즈를 써 보기로 하겠다.

마지막은 한겨울이 오기 직전, 덜 겨울스러운 날씨와 그 분위기가 좋다. 이 이유는 덜 주관적이고 그나마 객관적이다. 통계적으로도 12월은 1, 2월에 비해 기온이 상대적으로 높다. 매서운 바람이 코끝을 쨍하게 스치는 한겨울의 혹독함과는 살짝 거리를 둔다. 12월의 공기는 차갑긴 해도 연말 특유의 낭만적인 온기를 품고 있다. 연시(年始)의 설렘과 들뜬 기분도 일조한 듯하다. 크리스마스 직전인 동지 때까지 해가 계속 짧아져 그 아쉬움도 아스라이 있다. 일찍 찾아오는 어스름 속에서 온 도시가 반짝이는 불빛으로 물드는 풍경은 내가 너무 싫어하는 추위를 기꺼이 받아들이고도 남을 만한 이유가 될 만큼 로맨틱하고 소중하다.

나에게 T사의 겨울 방학 제도는 이직의 꽤 큰 요소였다. 12월 중순까지 연말 분위기를 즐기며 일하다가, 마지막 한 주를 쉴 수 있다니! 일 년 중 내가 가장 좋아하는 한 달의 절정에서 온전히 나의 시간을 통으로 휴식과 함께 가질 수 있다는 것. 이곳을 마다할 이유가 없다. 그리고 그 시간이야말로 러닝의 또 다른 새로운 맛을 맛볼 기회다.

겨울 러닝의 매력은 낮, 정확히는 오후 3~4시에 뛰는 것에 있다. 낮은 고도에서 비스듬히 쏟아지는 겨울의 낮은 햇빛은 차가운 공기를 뚫고 온몸을 핫팩이 만들어내는 공기처럼 은은하게 감싸는 따뜻함을 준다. 차가운 바람에 콧잔등이 시큰해져도 햇살이 닿는 볼과 이마에는 기분 좋은 온기가 느껴진다. 이 독특한 대비가 나를 밖으로 이끈다.

토피넛 라테처럼 시즈널 러닝 맛에 대한 기대감을 품고 있던 12월 중순, 회사 겨울 방학이 손에 잡힐 듯 가까워지던 어느 날이었다. 평일 밤 러닝을 마치고 샤워를 하려는데, 왼쪽 발바닥이 너무 아팠다. 그날의 러닝은 덜 추운 날씨와 함께 기분 좋은 건조한 밤공기도 도와주어 기록도 괜찮았고, 며칠 남지 않은 겨울 방학에 대한 기대감으로 컨디션도 좋았다. 그래서 통증이 더 당혹스러웠다. 잠깐의 통증이겠지 하고 잠들었지만 다음 날 아침, 침대에서 첫발을 내딛는 순간 '악!' 통증이 더 선명해졌다. 발은 이미 밤새 부어오른 상태였다. 부기는 족저근막염이 자주 발생하는 발아치 안쪽에 집중되어 있었다.

결국 병원으로 향했다. 창가로 비스듬히 들어오는 겨울 햇살이 대기실 바닥에 마름모꼴 그림자를 만들고 있었다. 어제부터 갑자기 추워진 날씨 탓인지, 환자들은 모두 두꺼운 패딩을 입고 앉아 있다. 코로나 이후 자리 간격이 벌어진 의자들은 아직 그대로였고, 그 적막한 공간 배치에 전자 안내음만이 조용히 울렸다. 이름이 호명되기를 기다리는 동안, 벽에 코팅되어 걸려 있는 정형외과 원장님의 오래된 인터뷰 기사로 시선이 갔다. "너는 왜 여기 왔니?"라고 친절하게 묻는 것만 같은 원장님의 얼굴만 물끄러미 바라볼 뿐이었다. 12월의 소중한 러닝을 앞두고 나에게 무슨 일이 일어난 걸까.

"심석용 님, 들어오세요." 진료실 문이 열리고 사진에 있던 원장님의 얼굴이 눈에 들어왔다. 생각보다 더 강인한 인상이었다. 삼국지의 장비처럼 우람한 체구에 낮은 목소리 톤은 가히 '정형외과 원장님'과 어울렸다. 원장님은 엑스레이를 찍어보자고 했다(대게 정형외과는 기본적으로 엑스레이부터 찍고 시작한다). 이번에는 삼국지의 허저를 닮은 (하지만 목소리는 가냘픈) 엑스레이 기사님이 묵묵한 표정으로 나를 안내했다. 삐뚤어진 자세를 바로잡아 주며 발을 올리고, 또 올리게 했다. 발톱을 깎고 왔지만, 왠지 맨발과 발목을 추리닝 바지에서 끄집어내 보인 부끄러운 마음도 함께 찍히는 듯했다. 길지 않은 기다림 끝에 다시 원장실로 불려 들어갔다. 모니터에는 내 발의 내부가 낱낱이 드러나는 뼈 사진이 흑백의 섬세한 선으로 떠 있었다. 장비 원장님은 모니터 한쪽을 펜으로 가리키며 말씀하셨다.

"여기 보이시죠? 이게 부주상골입니다."

부주상골? 이름도 요상한 외국 도시의 으스름한 바에서 더 알아먹지 못하는 칵테일 이름을 들은 것처럼 고개를 갸웃거렸다. 그런 게 내 발에 있었단 말인가. 태어나서 단 한 번도 들어보지 못한 내 몸속의 비밀이 낱낱이 파헤쳐진 듯한 이름이다. 평생을 함께해 온 동반자인데, 나는 그 친구의 정체를 그제야 알게 된 것이다.

화면 속 발목 엑스레이에는 작은 뼛조각 하나가 선명하게 보였다. 주상골 옆에 붙어 있는 작은 파편 같은 것인데,

212

마치 별똥별이 떨어져 본체 옆에 자리 잡은 모양새다. 모니터의 푸른빛이 진료실의 어두운 조명에 더 강조되어 보였다. 원장님은 엑스레이를 가리키며 설명을 이어갔다. "부주상골을 가지고 있으니 '부주상골증후군'이라는 건데, 이건 전체 인구의 약 10% 정도가 가지고 있어요. 선천적인 거라 크게 걱정하실 필요는 없습니다만…"

러닝을 하다 보니 족저근막염이나 아킬레스건염 같은 단어들은 이미 내 어휘 목록에 추가되어 있었는데, 부주상골은 처음이었다. 아무리 스트레칭과 얼음찜질을 열심히 해도 반기마다 한 번씩 나를 괴롭히던 족저근막염, 정확히는 내 왼발 아치의 안쪽이 욱신거리는 통증의 원인이 갑자기 모니터 위에서 작은 뼛조각의 형태로 까발려(?)졌다.

장비 원장님은 전문가다운 무미건조하지만 친절한 톤으로 그 메커니즘을 설명해 줬다. 이 작은 뼛조각이 본래의 길을 잃은 나뭇가지처럼 발을 지지하는 중요한 힘줄의 길을 틀어버리고 있다는 것이다. 그래서 발의 아치가 쉽게 무너지고, 그 결과 나를 괴롭혔던 족저근막염이나 발 안쪽의 통증이 반복되었다는 것. 그토록 오랜 시간 나를 따라다니며 괴롭혔던 통증의 근원에는 알고 보니 평생을 함께해 온 아주 작은 뼛조각 하나에 있었다는 사실이 퍽 신기했다. 평범한 러닝화와 평범한 아스팔트 위에서 평범한 속도로 달려온 줄 알았는데, 사실은 내 발에 숨겨진 작은 별똥별 하나와 함께 달려온 것이다. 그 작은 파편이 내 러닝의 이야기를 다시 리셋하는 느낌이다. 내 몸에 이런 숨겨진 결함(?)이 있었다는 사실이, 한동안 러닝을 쉬어야 한다는 말보다 더 충격적이었다. 12월 겨울 방학의 소중한 햇살 러닝을 앞두고 나는 새로운 종류의 통증과 함께 그동안 몰랐던 잔인한 진실을 마주해야만 했다.

원장님의 말을 들으며 머릿속에서는 지난 몇 년간의 경험들이 퍼즐 조각처럼 맞춰졌다. 처음 러닝을 시작했을 때부터 가끔 찾아오던 그 욱신거림, 러닝 초기에는 5km만 넘겨 달리면 어김없이 다음 날 나타나던 아픔, 첫 10km를 완주한 후 일주일 내내 절뚝거리며 다녔던 기억, 스트레칭을 소홀히 하면 어김없이 나타난 통증. 이 모든 것이 그 작은 뼛조각 하나 때문이었다니!

진료실을 나와 병원 앞 스타벅스에 들어갔다. 창가 자리에 앉아 (당연히 휘핑크림이 가득 올라간) 따뜻한 토피넛 라테를 주문했다. 바깥은 영하 10도, 12월의 차가운 바람이 유리창을 흔들었다. 스마트폰으로 날씨 앱을 열어보니 다음 주에는 한파가 더 심해진다고 했다. 우선 2주 동안 뛰지 말고, 물리치료를 받으라는 원장님의 권고가 오히려 (슬프지만) 다행이라 생각했다. 예전 같았으면 2주 동안 러닝을 못 한다는 사실에 초조했을 거다. 달리지 못하는 날이 길어지면 언제나 불안감이 엄습했다. 그 불안은 형체가 없어서 더 짙게 느껴진다. 아침에 눈을 뜨면 창밖의 하늘부터 확인했다. 맑은 하늘은 왠지 죄책감으로 다가온다. 달리기 좋은 날씨에 달리지 못한다는 건 맛있는 음식이 눈앞에 있는데 먹지 못하는 것과 비슷하다. 아니 그보다 더 깊은 곳에서 오는 불편함과 불안함이 있다. 그것은 단순히 운동을 하지 못하는 신체적 아쉬움이 아니었다. 당연하게 돌아가던 쳇바퀴에서 나사 하나 빠졌다고 멈춰버린 무력감, 혹은 의무를 다하지 못한 죄책감 같은 것이었다.

크리스마스가 지나고 일주일이 지나자 문득 인지했다. 그건 꾸준함에 대한 나의 집착이었다. 일주일에 세 번은 꼭 뛰어야 한다는 스스로와의 약속, 그 리듬이 깨지는 것에 대한 위기감, 일상의 작은 질서가 무너지는 듯한 불안. 러닝은 나에게 의식 같은 것이고, 잘 살아가고 있다고 증명하는 세리머니 같은 것이라 그 의식이 중단되자, 왠지 모를 공허함과 말로 형용하기 힘든 불안감이 찾아왔다. 하지만 이번에는 마음을 좀 다르게 먹기로 했다. 내가 게으르거나 의지가 부족하거나 아파서 뛰지 못하는 것이 아니라 그저 내 발이 조금 특별할 뿐이라는 거, 10%의 사람들만 가질 수 있는 작은 뼛조각 하나를 내가 가진 것이라고, '부주상골 러너'라는 레어템 같은 새로운 아이덴티티를 갖게 되었다고 생각했다. 언제가 내 아이에게 "아빠는 부주상골을 갖고 있는 데도 30년 넘게 뛰었어"라고 자랑할 수 있는 에피소드가 생겼다고 상상했다.

물리치료를 받은 후 병원 옆 스타벅스에서 토피넛 라테를 마시는 게 그 겨울 나의 루틴이었다. 종종 건너편 어린이대공원 쪽으로 향하는 길목에 러너들이 추운 날씨에도 달릴 준비를 하고 있었다. 지난주만 해도 그들을 보며 마음이 조급했지만, 이젠 그저 각자 할 일을 하러 가는 사람들로 보였다(아, 물론 부럽긴 했다). 속도보다 중요한 것은 지속성이라고 생각하던 나의 러닝 가치관에 어쩌면 또 다른 지속성을 느끼는 시기였던 것 같다. 나는 지금 빠르게 뛰다 멈춘 것이 아니라 지속하기 위해 잠시 쉬고 있는 것이라고. 이 휴식은 포기가 아니라 더 오래, 더 꾸준하고 건강하게 달리기 위한 전략적 선택이다. 더 먼 곳까지 가기 위한 현명한 선택이다.

우울감에 빠질 뻔했지만, 특유의 회복탄력성(ENFP의

장점이다)으로 긍정 긍정해진 나는 연초 업무 러시로 조금 바쁘게 보내다가 장비 원장님으로부터 무리하지 않고 달려도 될 것 같다는 허락(?)을 호탕한 미소와 함께 확인받은 후 '이보다 완벽할 수 없는 컴백 스페셜 러닝'을 위해 날씨 앱을 매일 체크했다(추운 겨울에 뛰기 위해서는 최적의 기온을 찾아야 한다). 겨울 방학 동안 뛰지 못해 내 안에 고스란히 쌓여 있던 미해결된 발산 에너지의 빚을 갚고 싶었다. 완벽한 타이밍을 기다리는 시간은 복리 이자처럼 쌓여 (비할 바는 아니지만) 올림픽 출전을 앞둔 국가대표 선수 같은 긴장감으로 변해갔다.

드디어 때가 왔다. 빠른 퇴근을 위해 (아깝지 않은) 오후 반차까지 썼다. 예보보다 훨씬 따뜻한 10도를 넘어선 기온이었고, 공기 중에는 미약하게나마 초봄의 싱긋한 기운마저 섞여 있었다. 하늘은 더할 나위 없이 청량했으며, 겨울의 쨍하지만 건조한 낮은 햇살의 따스함과는 또 다른 부드럽고 퐁실하고 몽글한 노란 햇살이었다. 비스듬히 쏟아지는 그 햇살은 강물에 얇은 금빛 막을 씌운 듯했다. 러닝 스팟에 도착하여 신발 끈을 묶으니 오랫동안 멈춰 있던 손가락이 낯설면서도 익숙하게 움직였다. 강물은 겨우내 얼어붙었던 경직된 표정을 풀고 반갑고 따뜻하고 차분하게 흘러가고 있었다. 차가운 강바람은 여전했지만, 그마저 좋았다. 더 조심하고 싶은 마음에 스트레칭을 20분 넘게 했다.

'정말 괜찮을 것 같다'는 마음이 100% 들자 천천히 발을 내디뎠다. 처음 100m는 조심스러운 마음에 어땠는지 잘 기억도 나지 않는다. 마치 갓 태어난 아기가 첫발을 내딛듯, 모든 감각이 촉수를 뻗어 주변의 작은 변화마저 예민하게 흡수했다. 서서히 강바람이 느껴졌고, 아스팔트의 까슬까슬함이 발로 들어왔다. 오랫동안 꿈꿔왔던 달콤한 해방감이었다. 익숙함에 잊고 있던 소중한 리듬으로 나는 비로소 '잘 살아있음'을 온몸으로 느꼈다. 그날 러닝은 속도는 느렸지만 그래서 유독 더 잘 보이는 풍경이 좋았고, 인생에서 손꼽을 만한 겨울 러닝이었다.

"달리는 시간만큼 쉬는 시간도 소중히 여겨야 한다." 운동선수들은 이것을 '초 회복'이라고 부른다. 충분한 휴식이 없으면 근육은 성장하지 않는다. 오히려 과사용으로 인해 손상될 뿐이다. 이것은 비단 물리적인 근육뿐만 아니라 정신적인 측면에서도 마찬가지다. 쉼 없이 달리기만 한다면 언젠가는 반드시 지치게 된다. 마음의 근육도 쉬어야 한다. 잘 알면서도 나를 포함한 현대인들에게는 가장 어려운 미션인 것 같다. 집중하면 다른 생각을 유연하게 잘하지 못하는 나는 일기장 첫 페이지에 다짐처럼 이 글귀를 적어 놓았다.

'발목 아래 작은 그 뼛조각'이 내게 가르쳐준 것은 단순히 해부학적 사실만이 아니다. 앞서 말한 것처럼 내 전반적 삶의 지속가능성에 대한 새로운 관점이었다. 잠깐 멈춰진 것에 대한 불안함과 그 회복을, 내가 좋아하는 러닝이라는 취미로 경험할 수 있어서 다행이었다고 생각한다. 항상 앞으로만 나아가려는 조급함 대신, 때로는 멈춰서 자신의 상태를 돌아보는 것을 이제야 지혜로운 행동이라고 여기게 되었다. 이 글을 쓰는 지금도 나는 예방 차원의 물리치료를 받기 위해 정형외과를 다녀온 참이다. 그리고 병원 옆 스타벅스에 앉아 키보드를 두드리고 있다. 부주상골 러너, 꾸준한 부주상골 러너로서 계속 뛰고 있습니다. 이상 무!

당연한 것들이
당연하지 않아질 때

2024년 늦가을이었다. 저녁 7시를 조금 넘긴 시간이다. '이제 칼퇴근해도 벌써 어스름해지네.' 해가 점점 짧아지는 아쉬움을 매일 퇴근길에 느끼며 집으로 돌아가는 운전 중이다. 창밖은 이미 희미한 감색으로 물들어 있고, 도시의 불빛은 아직 완벽하게 제 위력을 발휘하지 못한 채 흐릿하게 번지고 있다. 집으로 돌아온 나는 간단히 환복 후 현관에 앉아 중랑천으로 나갈 채비를 했다. 러닝화 끈을 묶는 손길은 늘 그랬듯 자동적이었지만, 그날은 내 안의 작은 목소리가 귓가에 그림자처럼 따라붙었다.

러닝화 끈을 두 번 리본 묶는 손가락이 빠르다. 자동 반사적으로 일어나자마자 모포를 개고, 환복 후 군화를 묶는 전역이 일주일 남은 병장 심석용보다 빨랐다. 러닝화는 빠르게 묶었지만, 무릎을 펴고 일어서는 몸은 현관을 나서길 망설이는 듯했고, 나는 그 작은 저항을 온몸으로 느꼈다. 현관을 나서면 늘 찾아오던 '그래 오늘도 이렇게 출발한다'는 스스로 자랑스러운 해방감 대신, 오늘은 '아, 이제 돌이킬 수 없구나' 하는 체념 비슷한 것이 찾아왔다. 그것은 어떤 거대한 비극적 체념이라기보다는 반찬과 찌개를 다 세팅했는데 뒤늦게 햇반이 없음을 확인하고 마트에 가야 한다는 사실을 깨닫는 것과 비슷한 종류의 귀찮은 체념이었다.

'그래도 개운하게 가볍게 뛰고 와야지' 정도의 마음가짐은 어쩌면 지금까지 내 러닝의 본질이었을지도 모른다. 가벼운 시작의 발걸음과 묵직해지는 10년간의 러닝을 대하는 태도 말이다. 하지만 재작년부터인가, 러닝화를 신기 전에 내 안의 작은 마음 저울이 '오늘의 의지'와 '오늘의 게으름'을 은밀하게 측정하는 소리를 낸다. 양쪽 접시 위

에서 미세한 균형이 흔들리는 소리. 그날은 유독 게으름 쪽
이 조금 더 무거웠다. 마치 공기 중의 습도가 높아지면 오
래된 나무문이 뻑뻑하게 열리듯, 내 안의 START 버튼
이 평소보다 훨씬 더 큰 힘과 시간을 요구하는 날이었다.
버튼을 누르는 집게손가락이 무겁다.

　나이를 더 먹어서일까, 아니면 요즘 너무 바쁘고 정신
없어 마음의 여유가 없는 걸까. 그것도 아니면 러닝 자체가
내게 어떤 새로운 의미를 부여하기 시작한 걸까. '가볍게'
라는 말이 더 이상 가볍게 들리지 않는 순간부터 러닝은 단
순한 몸놀림 이상의 무언가가 된 것 같았다. 그것은 이제
하나의 작은 의무이자 스스로에게 부여하는 일상의 작은
시험 같은 것이 되어버린 느낌이다. 특별하지 않지만, 반드
시 '해야만 하는' 무언의 마음 먹기 위한 강박이 생겨나고,
반복하고, 또 괜찮아지다가 다시 마음을 먹어야 하는 순간
이 찾아오고, 또 반복하고, 러닝은 그렇게 조금씩 달라지고
있었다. 내 일상의 아주 미묘한 균열 속에 변화가 스며들고
있었다.

　그냥 별생각 없이 나가서 뛰던 때가 있었다. 정확히는
별생각 없이 나갈 수 있었던 때가 있었다. 막 러닝을 시작
했을 무렵 과외 알바를 하며 오피셜리 처음 장만한 비싼 나

이키 러닝화를 신고 싶어 몸이 알아서 움직였던 그런 귀여운 시절이 나도 있었다. 나가기만 하면 모든 몸의 모드는 자동이었다. 마치 몸속에 테슬라 자동 파일럿이 장착된 것처럼 발은 길을 알았고 폐는 필요한 공기를 스스로 조절했다. 어떤 고민도, 어떤 계산도 끼어들 틈이 없었다. 그저 달리는 행위 자체가 내 루틴 안에서 순수하게 존재할 뿐이었다.

그런데 이제는 러닝화를 신는 그 과정부터가 난관이다. 오늘은 달려줘야 이번 주가 평온할 것 같다는 천사 모드와 오늘 뛰기에는 '좀 아니지 않아?'라고 소파를 권하는 악마 모드가 계속 싸운다. 대부분은 천사 모드가 이기지만, 악마 모드가 이기는 날도 있다. 물론 얼마 지나지 않아 후회하고 뒤늦게 나가는 경우가 대부분이지만 말이다.

'뛰지 않아도 되는' 사소하고 다양한 명분들을 이겨낸 후, 겨우 현관을 나서고 러닝 스팟까지 걸어가는 길에 나는 숙련된 자동차 정비사처럼 몸의 신호를 읽는다. '오늘은 조금 더 뛸 수 있겠다' 혹은 '오늘은 신경 써야겠다'의 미묘한 각이 초반 3분 정도(노래 한 곡 정도)의 움직임에서 나온다. 횡단보도에서 신호를 기다리며 가볍게 하는 스트레칭이나 톡톡 점프를 해보며 느껴지는 직감들이 있다. 족저근막염, 부주상골증후군, 온갖 종류의 작고 사소한 염증들이 인사도 없이 튀어나올 때가 많아지니 이런 변수들을 자연스럽게 고려하고 계산한 결괏값이겠지. 이제는 발걸음마다 지면의 반발력을 느끼고, 무릎 관절에서 나는 작은 소리에도 귀 기울인다. 전반적인 나의 몸 상태를 계속 들여다보는 것이 러닝의 필수적인 전 과정이 되어버린 것이다. 몸은 더 이상 나에게 매개체가 아니라 끊임없이 체크해야 하고 대답을 들어야 하는 조금은 까다로운 동반자가 되었다.

오늘은 몸에 신경을 써야겠다는 판단이 서는 순간부터는 완전히 다른 러닝이 된다. 그것은 순수한 마음으로 즐기냐, 아니면 오늘 주어진 목표를 꼭 완주하냐의 미묘한 차이를 만들어낸다. 예전에는 그런 구분 자체가 없다 보니 뛰는 것 자체가 순수한 즐거움이었다. 힘들다고 느껴지는 건 속도를 내거나 오래 달려서 정도였다. 그 시절의 러닝을 떠올려보면 과정과 결과 사이에 어떤 간극도 어떤 변수도 크게 존재하지 않았다. 5km를 뛰겠다고 마음먹으면 5.05km를 뛰는 것이 자연스러웠고, 10km를 목표로 하면 10.1km를 완주하는 것이 당연했다. 중간에 포기할 거라는 생각 자체를 해본 적이 없다.

하지만 이제는 다르다. 뛰기 전과 뛰는 동안 나는 끊임

없이 내 안의 작은 계산기를 두드린다. '지금 페이스가 너무 빠른 건 아닌가?' 그럼 조금 차분한 BPM의 노래로 바꾼다. '발바닥은 괜찮은가?' 싶으면 의식적으로 왼쪽과 오른쪽 발바닥의 느낌을 비교한다. 이런 생각들이 순수한 즐거움을 조각조각 나누어 놓는다. 예전에는 러닝이 하나의 거대한 흐름이자 완성된 그림이었다면, 이제는 여러 단계로 세분화되어 분절된다. 몸 상태 체크 단계, 페이스 조절 단계, 목표 달성 가능성 판단 단계, 그리고 마지막 완주 여부 결정 단계. 단계마다 '덜 무리하게' 할 선택지가 있고, 그 선택지들이 러닝의 순수함을 희석시키는 것은 어쩔 수 없다. 당연하게도 러닝의 전체적인 흐름이 끊기는 듯한 불편함이 찾아올 수밖에 없다.

이런 변화를 겪으면서 자주 떠올리는 철학자의 이론이 있다. 프랑스 철학자 모리스 메를로 퐁티^{Maurice Merleau-Ponty}가 말한 '몸의 현상학'으로 그는 데카르트 이후 서양 철학을 지배해온 정신과 몸의 이분법을 거부했다. 전통적인 서양 철학에서는 정신(마음)이 세상을 인식하고 판단하는 주체이고, 몸은 그저 정신이 거주하는 물질적 용기 정도로 여겨졌다. 하지만 메를로 퐁티는 이런 도식이 우리의 실제 경험과 전혀 맞지 않다고 봤다. 우리가 세상을 경험하는 것은 추상적인 정신이 아니라, 언제나 구체적인 몸을 통해서라고 했다. 우리의 몸은 단순히 물질이 아니라, 세상을 인식하고 이해하는 살아있는 주체라는 것이다.

예를 들어 처음 보는 계단을 올라갈 때 우리는 머리로 '이 계단의 높이는 약 18cm이고, 폭은 약 30cm니까 이 정도 힘으로 이런 느낌으로 다리를 이렇게 들어 올려야겠다'라고 복잡하게 계산하지 않는다. 발에 눈이 달리지는 않았지만, 발이 먼저 계단을 읽어낸다. 첫 번째 계단에 발을 올려놓는 순간 다리는 이미 그 계단의 리듬을 파악하고, 두 번째 세 번째 계단에 맞는 보폭과 높이를 자동으로 조절한다. 그 모든 과정은 의식적인 사고 이전에 몸의 깊은 곳에서 자연스럽게 일어난다. 그것은 마치 손으로 흙의 감촉을 느끼고, 눈으로 하늘의 색깔을 구별하듯이, 몸이 세상을 직접적으로 받아들이는 원초적인 방식이다.

러닝도 마찬가지다. 젊을 때 나는 중랑천 길을 뛰면서 '지금 보폭이 약 120cm니까 분당 180스텝으로 뛰어야 4분 후반대 페이스가 나온다'고 의식적으로 계산하지 않았다. 발이 아스팔트의 탄성을 느끼고, 다리가 적절한 보폭을 찾아내고, 폐가 필요한 산소량을 스스로 조절했다. 몸 전체가 하나의 '러닝하는 존재'가 되어 길과 조용히 대화를 나눴다. 내 몸과 길이 서로를 이해하고, 그 이해 속에서 하나의 움직임이 만들어지는 아름다운 순간들이었다.

메를로 퐁티는 이런 몸의 앎을 '프리 리플렉티브^{Pre-reflective} 인식'이라고 불렀다. 반성적 사고 이전에 일어나는 인식, 즉 의식적으로 생각하기 전에 몸이 이미 세상을 이해하고 반응하는 능력을 말한다. 어릴 때의 몸은 투명하다. 여기서 말하는 투명함이란 몸이 보이지 않는다는 뜻이 아니다. 몸이 너무나 자연스럽게 기능해서 그 존재를 의식할 필요가 없다는 의미다. 안경을 쓴 사람이 안경 자체를 의식하지 않으면서 안경을 통해 세상을 보는 것이 당연한 것처럼 여기듯, 의식하지 않는 몸을 통해 러닝을 경험하고 느꼈다.

하지만 나이가 들면서 이런 투명성이 깨지기 시작했다. 몸이 예전처럼 말을 듣지 않고, 예상과 다르게 반응한다. 그 순간 몸은 투명한 매개체에서 의식해야 할 대상으로 바뀐다. 메를로 퐁티는 이를 '몸의 대상화'라고 불렀다. 더 이상 몸과 하나가 되어 세상을 경험하는 것이 아니라, 몸을 관찰하고 분석하고 통제해야 하는 대상으로 보게 되는 것이다. 마치 내가 내 몸의 바깥에 서서 게임하듯 몸이라는 낯선 기계를 조작하는 것처럼 말이다.

　이런 대상화는 현대인의 몸에 대한 태도에서 더욱 극명하게 드러난다. 손목에 찬 스마트워치 같은 디바이스는 우리의 심박수를 실시간으로 모니터링하고, 러닝 앱은 페이스와 거리를 소수점까지 정확히 측정하여 '조금 속도를 줄이세요'라고 코칭한다. 인바디 기계에 올라가면 몸무게, 체지방률, 근육량, 기초대사율까지 모든 것이 수치화된다. 기계가 내 수치를 알고 놀랄까 봐 부끄러울 정도로 세세하게 측정된다. 몸은 더 이상 내가 세상을 경험하는 살아있는 매개체가 아니라, 계속 매니징하며 최적화해야 할 데이터의 집합체가 되었다. 나는 마치 내 몸의 능동적 관리자이자, 동시에 내 몸의 데이터에 갇힌 수동적 죄수처럼 느껴졌다. 그 수많은 숫자가 나를 대변하는 것처럼 보였고, 나는 그 숫자들로부터 그리 자유롭지 못했다.

　에너지 역시 마찬가지다. 다행히 아직은 10년 넘게 내가 목표로 설정한 거리의 1.01배를 여전히 잘 뛰고 있다. 다만 이제는 당연하게 뛰는 것이 아닌 가끔 피 맛 나는 러닝을 한다. 유독 마지막 2km가 더 잔인해졌다. '아이고, 세월아' 하며 뛰는 날이 하루이틀이 아니다. 예전처럼 몸이 가벼워서 자연스럽게 저절로 나아가는 게 아니라, 단종된 낡은 자동차에 시동을 걸듯 독한 의지만 남은 슬픈 현실이 서

러울 때도 많다. 한 걸음씩 밀어붙이는 느낌이랄까. 여전히 나는 아직 그렇게 늙었다고 생각하지 않지만, 30대 중반이 넘어가며 몸은 변화하고 있었다.

PT 선생님과 스트레칭할 때면 한 번씩 나는 무릎의 작은 소리들, 야근하고 나면 바로 다음 날 아침 기상할 때 기분으로 티가 나는 순간들, 왠지 내일 허리가 아플 것 같다 싶으면 예상처럼 아파지는 허리 등 계속 꾸준하게 아픈 건 아니지만 무언가 달라졌다는 미묘한 신호를 보낸다. 이제는 계단을 내려갈 때도 예전처럼 뛰어내려 가지 않는다. 의식적으로 조심하는 것은 아니지만, 몸이 먼저 속도를 제어한다. 그것은 단순한 노화의 증상을 넘어 몸이 보내는 하나의 암호처럼 느껴졌다.

러닝 후 회복 시간도 늘어났다. 예전에는 10km를 뛰고 나서 다음 날 아무렇지 않게 또 뛸 수 있었는데, 이제는 하루나 반나절은 쉬어주어야 다리가 가벼워진다. 조금씩 나이가 든 몸이 좀 천천히 해도 된다고, 서두를 것 없다고 다정한 충고를 하는 것 같다.

생각해 보면 러닝뿐만 아니라 점점 삶이 그렇게 흘러가는 것 아닐까? 예전에는 새로운 사람들을 만나는 게 그 자체로 즐거움과 자극이었는데, 이제는 조금 더 많은 에너지가 필요하다. 20대에는 그런 과정 자체가 설렘이었고, 모든 관계가 무한한 가능성을 품고 있는 듯했다. 하지만 이제는 '이 사람과 이런 커뮤니케이션을 하다가 내가 더 피곤해지면 어떡하지?'라는 이기적인 마음이 들 때도 있고, '이 관계에 내 시간과 감정을 투자할 만한 가치가 있을까?' 같은 철저히 계산된 마음이 생길 때도 있다. 그것은 마치 내 에너지와 감정 소모의 리스크를 줄이기 위해 모든 위험 요소를 미리 파악하려는 행위와도 같다. 자기방어 같은 것이다. 불확실성 속에서 나를 보호하려는 본능이 더 세게 작동하는 것이다.

이런 방어적인 감정의 변화를 '체력이 떨어져서'라고 말할 수도 있겠지만, 사실은 더 깊은 차원의 변화 같다. 이건 단순히 물리적 에너지의 문제가 아니라 시간에 대한 인식이 달라진 것이다. 20대에는 시간이 무한할 것 같았다. 실패해도 다시 시작할 수 있고, 잘못된 길로 가도 언제든 돌아올 수 있는 충분한 여유가 있다고 굳게 믿었다. 30대를 넘어선 지금은 시간의 유한성을 체감한다. 모든 선택에는 기회비용이 있고, 어떤 경험을 선택한다는 것은 필연적으로 다른 경험을 포기한다는 의미라는 걸 알게 되었다. 한 번의 선택이 불러올 파장을 어렴풋이나마 짐작할 수 있고,

그 선택의 무게는 예전과는 다른 차원의 것이라는 걸 말이다. 그래서 더 신중해지고, 더 선택적으로 되는 것이다.

심리학자들이 말하는 '주관적 나이Subjective Age' 라는 개념이 있다. 실제 나이보다 자신이 얼마나 젊게 또는 늙게 느끼는지가 실제 건강과 웰빙에 상당한 영향을 미친다는 연구 결과다. 재미있는 건, 자신보다 젊게 느끼는 것은 적응적 전략으로 작용해 정신적·신체적 웰빙에 도움이 되지만, 실제 나이보다 훨씬 젊어지고 싶어 하는 것은 오히려 부적응적 전략으로 작용할 수 있다는 점이다. 이 차이가 중요하다. '젊어지고 싶어 하는 것'과 젊게 느끼는 것' 사이에는 미묘하지만 결정적인 차이가 존재한다. 전자는 현재 자신의 상태에 대한 거부나 불만을 담고 있다. '나는 37살인데 다시 27살로 돌아가고 싶어'라고 생각하는 것이다. 반면 후자는 현재 자신의 상태에 대한 긍정적 인식이다. '나는 37살이지만 30대 초반의 에너지를 가지고 있어'처럼.

러닝에서도 이런 차이를 경험한다. '나는 30대 후반이지만 아직 20대처럼 뛸 수 있어'라고 생각하며 무리하는 것과 '30대의 몸으로 좀 더 너그럽고 지혜롭게 뛸 수 있어'라고 생각하며 조절하는 것의 차이 말이다. 전자는 현실을 부정하고 과거의 환상에 사로잡히는 것이지만, 후자는 현실을 수용하면서도 긍정적으로 바라보는 것이다. 이는 과거를 부정하지 않으면서 새로운 가치를 만들어내는 방식이다. 즉, '몸이 예전 같지는 않구나'라며 현실을 받아들이면서 나이가 쌓인 만큼 다양한 경험이 레이어링 되어 뛰러가는 길에 기민하게 그날의 몸 상태를 파악하여 예측 가능한 러닝을 할 수 있게 된 것이다. 예전에는 무조건 빠르게 무조건 멀리 뛰려고 했다면, 이제는 내 몸의 리듬을 더 자세히 파악하려 하고, 그에 맞추어 움직이려 한다. 언제 쉬어야 하는지, 언제 밀어붙여야 하는지, 어떤 페이스가 나에게 맞는지를 체득했다. 부주상골과의 조우가 나에게는 그런 트리거 포인트였을 수도 있고, 자잘한 부상과 쉬어야 하는 순간들이 더 그런 모멘트에 대한 소중함을 깨닫게 했다. 10년의 러닝 경험이 쌓아 올린 또 다른 형태의 '당연함'이다. 그것은 속도계나 거리계로는 측정할 수 없는 오직 내 몸만이 아는 지혜다.

이는 신체에만 국한하지 않는다. 감정도 발전했다. 사소한 일에도 쉽게 휘둘리는 20대를 지나, 이제는 '이 또한 지나가리라'라는 여유가 생긴 것이 가장 자랑할 만하다. 마치 거친 파도가 아무리 몰아쳐도 결국 바닷속은 고요하듯이 말이다(그럼에도 한 번씩 연애나 회사에서 그렇지 못할 때도 많다. 옛 연인이나 동료들이 볼까 머쓱해진다). 그래서 나이가 들고 있는 이 변화를 너무 부정적으로만 보려 하지 않기로 했다. 당연했던 것들이 당연하지 않아질 때, 그건 단순한 손실 같아 보이지만, 사실 '진화'의 신호일 수도 있으니까. 몸이 예전 같지 않다는 것을 인정하는 순간, 비로소 지금의 내 몸과 제대로 대화하려는 노력을 할 수 있게 된다. 그 대화는 처음에는 낯설고 서툴지만, 시간이 지날수록 서로를 이해하는 깊은 교감으로 이어진다. 그 속에서 나는 나 자신에게 더 솔직해지는 법을 배운다. 그 솔직함이 좀 잔인할 때도 있지만, 그래도 그 팩폭이 나의 삶에 새로운 도파민이 된 것 같아 재밌기도 하다.

요즘 유독 이런 생각을 한다. 10년 전의 나는 지금의 나를 상상할 수 있었을까? 아마 못했을 것이다. 그때의 나는 지금보다 어렸지만, 지금의 나보다 자신의 몸을 덜 이해했다. 지금이 오히려 더 건강하다. 몸매는 그때가 더 날렵하고 좋았겠지만, 지금의 건장한 (혹은 누군가의 눈에는 통통한) 몸매도 나름 마음에 든다. 그때도 지금도 뱃살 줄이기는 최대 난관이긴 하지만 말이다.

무엇보다 그때는 더 빨리 더 가볍게 뛸 수 있었지만, 러닝을 덜 즐겼다. 나이가 들며 소중함을 더 느끼고, 또 챙기게 된다. 좀 더 성숙해지고 있는 것 같다. 모든 것이 당연하다고 여겼던 시절을 지나, 당연하지 않은 것들과 함께 살아가는 법을 배우는 것, 변화를 울면서 저항하는 대신 받아들이고, 그 안에서 새로운 균형을 찾아가는 것, 그렇게 새로운 방식으로 삶을 조금씩 확장해 가는 중이다. 그것은 어떤 강요된 성장이 아니라, 자연스럽게 흘러가는 시간의 흐름 속에서 피어나는, 운동을 하며 느끼는 작은 깨달음과 수용이다.

시간에 대한 인식도 마찬가지다. 20대에는 '언젠가 나이가 들기 전에 마라톤 풀코스에 도전해 봐야지'라고 막연하게 생각했다. 마치 먼 바다를 향한 지도를 펼쳐보듯 말이다. 이제는 '그 나이가 들었'고, 현실적인 생각을 한다. '마흔이 되기 전에 하프는 꼭 성공하고 싶다. 그러면 언제까지, 어떤 방식으로, 어떻게 해야 할까?'를 구체적으로 계산하게 된다. 이런 유한한 마음은 목표를 더 선명하고 촘촘하고 우아하게 만들어준다. 막연한 꿈이 현실의 구체적인 계획으로 바뀌는 순간, 그것은 더 이상 환상이 아니라 실현 가능한 어떤 것이 된다.

조금 더 큰 차원의 (느끼할 수도 있지만) 이야기를 하자면, 이제는 뛸 수 있다는 것 자체에 감사함을 느낀다. 목표를 완주했을 때 뿌듯함도 예전과는 다른 차원이다. 단순히 목표를 독하게 달성했다는 쾌감을 넘어 디벨롭 되는 내면의 의지력과 변화하고 있는 몸이 협력해서 이뤄낸 성과라는 의미가 더해진다. 어쩌면 이런 제약들이 삶에 더 깊은 의미를 부여하는 것 같다.

당연함이 사라진 자리에는 선택이 남는다. 그 크고 작은 다양한 선택이라는 변수 속에서 우리는 비로소 무엇이 정말 소중한지를 알아가는 것인지도 모른다. 유학을 준비하던 시절, 내면의 보상을 위해 가볍게 뛰어 보며 하루를 마무리하던 러닝이 이제는 당연한 마음만으로는 당연하지 않아진 지금, 오히려 더 진짜로 뛰고 있는 것 같다. 발 아래 느껴지는 지면의 감촉을 넘어 '발이 아프지 않다' 라는 것에 감사함을 느끼고, 폐 속으로 들어오는 차가운 공기도 까슬까슬하지만 '숨을 잘 쉬고 있음'에 감사하다. 한 발 한 발 내디디며 보이는 매일 달라지는 도시의 풍경들도 고맙다. 이 도시에서 그래도 잘 생존하고 있는 느낌이다.

러너스 하이?
그건 모르겠고

스포츠 의학 전문지에 이런 내용이 있었다. "러너스 하이는 뇌에서 분비되는 엔도르핀 때문에 발생한다. 대부분의 러너는 30분 이상 달리기를 지속하면 이 황홀경을 경험한다." 나는 이 글을 읽고 (말 그대로) 턱을 괴고 한참을 생각했다. 나는 다른 러너들과는 다른 생물학적 구조를 가진 것일까? 아니면 내 몸 어딘가가 특이해서 (마치 부주상골처럼) 그 황홀경을 수신하는 안테나가 무뎌진 걸까? 혹은 단지 내가 충분히 노력하지 않았기 때문일까? 30분 이상? 나는 한 시간 넘게 달려도 '아 힘들다' 말고는 없는데 말이다. 내

236

가 느끼지 못하는 걸까, 아니면 느끼는 법을 모르는 걸까? 솔직하게 말하면 굳이 그걸 느껴야 하나? 실용적인 의문이 그림자처럼 따라왔다.

이 내용은 미심쩍은 구석이 있다. 엔도르핀은 혈액-뇌 장벽을 쉽게 통과하지 못한다는 과학적 아티클을 본 적이 있다. 뇌 속의 모르핀 이론은 너무나 매력적이고, 대중에게 쉽게 각인되어 왔다. 마치 달리기라는 고통스러운 행위에 대한 현대인들이 좋아하는 표현인 달콤한 '보상'으로 신이 숨겨놓은 작은 칭찬의 마법처럼 들렸을지도 모른다. 최근에는 뇌에서 생성되는 대마초 유사 물질인 엔도카나비노이드가 진정한 범인일지도 모른다는 이야기도 들린다. 특히 아난다마이드라는 물질이 혈액-뇌 장벽을 통과하여 뇌에 도달, 행복감과 통증 완화를 유발한다는 것이다. 마치 우리 몸에 작은 비밀 약초 정원이라도 숨겨져 있는 듯하다. 뇌의 쾌락 중추를 자극하여 스트레스와 불안을 감소시키는 이 물질이 러닝의 순수한 기쁨을 가져다주는 실제적인 열쇠일지도 모른다는 추측은 꽤 흥미롭게 들렸다. 하지만 이 모든 화학적 설명에도 불구하고 나는 여전히 그 황홀경의 입구조차 찾아내지 못하고 있다. 혹 '러너스 하이'라는 이름의 문을 무심코 지나버렸던 걸지도 모른다고 생각하니 살짝 억울해진다.

최근에는 달리기 관련 책이나 잡지를 펼치면 늘 이런 류의 설명이 나온다. "러너스 하이를 느끼는 순간, 당신은 달리기의 진정한 매력을 알게 될 것이다." 이는 마치 어떤 의식儀式처럼 느껴졌다. 특정 문턱을 넘고 느끼고 경험해야 비로소 '진정한 러너'의 자격을 부여받는다는 듯한 암묵적인 압력. 삶의 어떤 정점에 도달해야만 비로소 그 진가를 깨닫고 행복을 느낄 수 있다고 말하는 것처럼 언제부터 달리기의 궁극적 목표가 이 '황홀경'이 되어 버린 것인가. 마치 세상이 정해놓은 거대한 매뉴얼 북이라도 되는 듯 '진정한'이라는 수식어가 붙은 온갖 강박들이 미디어를 덮는 것 같다.

SNS 덕분에(?) 누구나 하이엔드 퀄리티를 쉽게 접할 수 있는 사회가 되어 '진정함=가치를 지불할 정도의 명분이 생기는'으로 변모하여, 예를 들면 미슐랭 별 박힌 접시를 한번은 경험해 봐야 할 것 같은 그런 미디어의 소란스러움이 나는 조금 지겹다. 현대 사회는 모든 경험에 점수를 매기고, 순위를 매기며, 정점을 향해 끊임없이 질주하기를 종용하는 것처럼 보인다. SNS에서 타인의 화려한 성취를 목격하며 우리는 나도 모르게 자기 자신에게도 그와 같은

‘특별한 순간’을 요구한다. 러닝 앱에 기록된 나의 느린 페이스와 남들의 화려한 기록을 비교하는 순간, ‘진정한 러닝을 하지 않은’ 나는 나도 모르게 ‘미완의 러너’라는 낙인을 스스로에게 찍고 있는지도 모른다.

미디어가 만든 ‘완벽한 경험’에 대한 현대 사회의 집착이 낳은 하나의 신화가 바로 러너스 하이일지도 모른다는 생각이 들었다. 어쩌면 내가 경험하지 못한 감각의 부재에서 느낀 심통일 수도 있겠다. 내가 좋아하는 작가님의 표현을 빌리면 “그런 거 없어도 우리는 잘 살고 있잖아요.” 나는 10년 가까이 달리면서 단 한 번도 “이거다!” 싶은 전기가 흐르는 듯한 짜릿함이나 세상이 온통 황금빛으로 물드는 그 황홀경은 없었다. 때로는 달리는 동안의 지루함, 발목에서 느껴지는 미미한 불편함, 혹은 아무런 감흥 없이 그저 한 발 한 발을 내딛는 그 자체에 집중하는 것이 내게는 어떤 거창한 황홀경보다 더 실재적이고 진솔한 경험이었다. 그것은 감각의 날카로움을 되찾고, 오직 ‘지금 여기’에 존재하는 나 자신을 확인하는 가장 원초적인 방식이었다.

우리 모두 솔직해져 보자. 사실 대부분의 러닝은 고통스럽다. 이러다 심장이 멈추면 어떡하지 싶게 숨은 가쁘게 차오르고, 다리는 납덩이처럼 무겁고, 샤워한 듯 땀은 비

오듯 흘러내린다. 말 그대로 '힘들어 죽을 것 같다'는 생각이 더 자주 찾아온다. 바람 소리조차 버거울 때도 있다. 무라카미 하루키도 그의 에세이와 소설에서 자주 말하지 않았던가. "달리기는 대부분 고통스럽다. 그리고 그 고통이 끝나면 또 다른 고통이 기다린다." 물론 그는 고통을 즐기는 것 같지만, 나는 묵묵히 고통을 견디는 것에 가깝다.

러너스 하이를 못 느꼈어도 괜찮다. 그보다 훨씬 좋은 걸 느꼈으니 말이다. 스크램블드에그처럼 몽글몽글한 기분, 때로는 단단하게 익어가는 것 같다가도 어떤 날은 덜 익은 것처럼 묽어지기도 하는, 달걀을 너무 오래 저어도 너무 적게 저어도 안 돼서 그날그날 다른, 결코 완벽하지는 않지만 그래서 더 흥미로운 맛이 나는 그런 기분 말이다. 가끔은 발 아래 흙먼지 냄새가 좋았고, 때로는 땀에 전 티셔츠가 피부에 착 감기는 느낌이 나쁘지 않다. 옆을 스쳐 지나가는 자전거의 페달 소리, 멀리서 들려오는 아이들의 웃음소리, 이 모든 파편적인 감각들이 모여 구름 같이 몽글몽글한 덩어리를 이루는 듯한 기분!

"러너스 하이만을 위해 달리지 마세요.
그건 마치 코스 요리에서 디저트 시간만 기다리며 식

달리기 전문 유튜버 영상을 본 적이 있다. 그는 카메라를 응시하며 말했다. 그 말이 마치 오랜 비밀을 공유하는 친구의 속삭임처럼 위로가 되었다. 디저트 없는 식사도 훌륭하다. 집에 남은 반찬들을 다 때려 넣어 만든 비빔밥은 그 자체가 메인 디쉬이자 디저트다. 세상의 모든 거대한 서사 속에 사소하지만 의미 있는 작은 에피소드가 숨어 있듯, 러닝 또한 그 자체로 충분한 이야기다.

어떤 날은 러닝이 너무 싫어진다. 10년째 같은 고민을 한다. '오늘은 쉴까? 그래, 오늘은 꼭 쉬어야 해!' 그런데 이를 이겨내고 뛰러 나가면 그렇게 좋을 수가 없다. 결국 러닝은 러너스 하이 같은 특별한 순간이 아니라 이런 일상적인 감정들의 축적이 만들어내는 또 다른 차원의 쾌감 혹은 만족감이 아닐까. 다양하고 만족스러운 나만의 감각 파편들이 모여 내 안에서 알 수 없는 어떤 지형도를 완성해 간다. 지도는 항상 명확하지 않고, 때로는 안개에 가려 (앞서 말한 스크램블드에그의 밀도처럼) 흐릿하기도 하지만, 분명 존재했다.

어쩌면 나는 앞으로 남은 평생 그 황홀경을 느끼지 못

하며 달릴지도 모른다. 아쉽거나 억울한 감정도 이젠 들지 않는다. 내 옆의 반려묘 호지가 이유 없이 햇볕 좋은 창가에 앉아 시간을 보내듯 나는 오늘도 그냥 달린다.

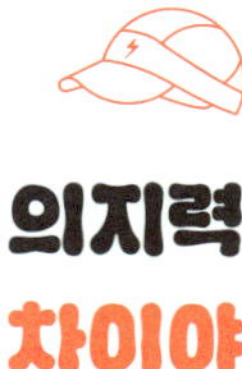

의지력
차이야

나의 중요한 가치관이자 추구미는 '옹골참'이다. 자세히 말하면 어떻게 하면 더 '딴딴한(육체적인 단단함을 넘어 정신의 섬세한 강인함 말이다) 사람'이 될 수 있을까를 고민하던 시기가 있었다. 조금 더 자세히 표현하자면 '한다면 한다'는 사람이 되는 것이다. 이런 생각을 했던 당시에는 이를 형용할 수 있는 키워드가 '의지력'이었다. 결국 행동으로 옮기는 실행력과 끝내 해내고야 마는 지구력 모두를 포함한 단어라고 생각한다.

실제 주변에 그런 사람이 있어서 '아, 저 사람처럼 되고 싶다. 나의 롤모델이야'라는 마음은 없었다. 다만 좋아하는 (글을 쓰거나, 그림을 그리는) 작가님들의 자서전이나 인터뷰를 찾아보면 자기만의 단단한 루틴을 몇십 년 진행하는 분들이 많았다. '분명 저 미친(긍정적 의미) 상상력은 굉장히 자기 파괴적이고 일탈적이지 않으면 나오기 힘들 텐데'라고 생각했던 분들은 모두 단단한 내면으로 크리에이티브함을 구축했다. '창작하는 사람이라면 조금 위험한 사람이 되어야 해'라고 생각하지만, 겁이 많아 루틴함을 추구하던 나에게 한편으로는 위안을 주기도 했다.

그런 시기에 나에게 찾아온 수많은 알고리즘의 추천 영상들 중에서 내 마음 한편에 아직도 작은 버튼처럼 박혀있는, 실질적으로 내게 가장 큰 영향을 미친 사람이 있다. 스탠퍼드대학교의 신경과학자 앤드루 휴버먼^{Andrew Huberman}이다. 울버린처럼 큰 체구에 차분하고 이성적인 톤을 가진 그의 목소리는 적당한 노이즈가 듣기 좋게 깔린 낡은 음반처럼 미묘하고 깊은 울림이 담겨 있다. 그래서 좀 더 설득력이 있었고, 듣고 있자면 알 수 없는 아득한 평화 같은 것이 찾아왔다(듣다가 낮잠을 잔 적도 꽤 많다).

유튜브 쇼츠에서는 꽤 유명하다. 아마 얼굴과 목소리를 같이 보고 들으면 '아, 저분!'이라고 하실 분들도 꽤 될 터이다. 사람들은 보통 그를 '찬물 샤워' 혹은 '도파민 디톡스' 같은 자극적인 키워드로 기억한다(하루 1분 아침 찬물 샤워도 그에게 영향받아 3년째 매일 하고 있긴 하다). 하지만 내게 가장 큰 영향을 준 건 우리 뇌 속 깊숙이 자리 잡은 '전측 대상회피질'에 대한 이야기다. 나도 사실 글을 쓰기 위해 다시 찾아볼 정도로 일상생활에서는 쓰고 말할 일이 없는 어려운 용어다. 조금 설명하자면, 줄여서 aMCC^{Anterior Midcingulate Cortex}라고 불리는 이 뇌의 특정 부위는 쉽게 말해 우리 뇌에서 '견딤'을 담당하는 부분이다. 눈앞에 놓인 버거운 일을 해내기 위해 에너지를 얼마나 끌어낼지, 밀려오는 고통이라는 파고를 얼마나 참아낼지, 그 복잡한 역학 관계를 조용히(라는 표현이 맞을지 모르겠지만 아무튼 비유하자면) 결정 내리는 사령탑 같은 곳이라 할 수 있다. 그는 마치 숙련된 항해사가 거친 폭풍우 속에서 배의 키를 잡듯, 우리가 고통이라는 바다를 건너는 뇌 속 메커니즘을 담담하게 풀어나갔다. 그의 설명은 조금 복잡했지만 서너 번 읽어보니 명확해졌고, 그 안에 담긴 단순한 진실은 심플하고 직관적으로 전달되었다.

aMCC는 운동선수, 그중에서도 더 성적이 좋은 선수가 특히 더 발달해 있다고 휴버먼이 말했다. 눈앞의 결승선 혹은 목표를 향해 다리에 쥐가 나고 숨이 턱까지 차오르는 순간에도 포기하지 않고 한 발을 더 내딛게 하는 그 고통을 견디는 능력, 모든 것을 내려놓고 싶은 순간을 버티는 힘이 바로 그 원천이다. 이 능력은 후천적으로 훈련할 수 있다. 매일 아령을 들어 올려 팔 근육을 조금씩 키우거나 피아노 건반 위에서 손가락을 훈련해 미묘한 테크닉을 통하여 나만의 리듬감을 만들어내듯 말이다. 작은 고통부터 시작해서 조금씩 더 큰 고통을 견디는 법을 배우는 것이라고 한다. 휴버먼의 말은 어쩌면 나 같은 보통의 평범한 사람도 그 '옹골찬 의지력 넘치는 사람'의 대열에 합류할 수 있을지도 모른다는 희미한 희망을 품게 했다. 그것은 단순히 타고 나야 하는 유전자의 문제가 아니라, 꾸준한 반복과 성실함의 영역이라는 선언과도 같았다. 크리에이티브함은 일상적이지 않는 것(불규칙하거나 불안정한)에서 나올 거라 여겼던 내게 '대단한 작가님들은 오히려 건강한 삶을 사셨어'라고 말해주는 듯했다.

그의 말을 들으며 문득 내 지난 시간의 러닝들이 흑백 필름처럼 스쳐 지나갔다. 2014년 초여름, 처음 5km를 뛰었을 때의 그 끔찍한 고통, 숨이 턱까지 차오르고 다리는 납덩이처럼 후들거렸으며 폐는 진심으로 곧 터져버릴 것만 같았다. 다음 날 스스로 러닝을 하기로 약속한 알람이 울리면 몸은 비명을 질렀지만, 다시 러닝화를 신었다. '하기 싫은 것 하나 해보고, 먹고 싶은 아이스크림 하나 먹자.' 나는 선천적으로 약한 기관지를 가지고 있었기에, 나에게 그 순간은 늘 '나의 맥시멈'이라고 생각했지만 조금씩 더 달려보고 더 멀리 달려보며 견뎌낸 시간이 벌써 10년이 지났다. 마치 어제의 고통은 존재하지 않았던 것처럼, 혹은 고통 자체가 하나의 익숙한 의식인 것처럼 말이다. 물론 내가 단순해서 힘들고 싫었던 건 잘 까먹는 선천적인 성격도 한몫했을 테다.

무더운 여름밤, 아직도 선명한 첫 15km를 뛰었을 때도 마찬가지였다. '이제 제발 그만 뛰어'라는 몸의 적나라한 신호와 마음의 유혹을 무시하고, 한 발 한 발 기계적으로 내디뎠다. 그 순간에도 나의 aMCC는 아주 미약하게나마 성장하고 있었던 것이다. 텅 빈 돼지 저금통에 매일 동전 한 개를 넣듯이, 내 평범한 뇌 속에 견딤의 코인이 조금씩 쌓이고 있었다. 재미있는 건, 이런 경험이 달리기에만 국한되지 않는다는 거다. 낯선 무언가를 배우거나, 지루한 책을 읽거나, 혹은 마감 기한에 쫓겨 야근할 때도 그 힘이 발휘된다. 근육의 크로스 트레이닝처럼 한 분야에서 길러진 '견딤의 힘'이 다른 분야로 확장되어 자연스레 스며들게 된 것이다. 휴버먼은 이를 '의지력의 전이 효과'라고 말했다. 그의 이야기는 그동안 내가 해왔던 여러 모든 노력이 결국 거대한 거미줄처럼 서로 연결되어 있었다는 깨달음으로 다가왔다. 우리는 무언가를 견뎌내는 법을 배우는 순간, 삶의 다른 영역에서도 그 끈기를 발휘할 수 있는 미묘한 스위치들을 만들어내는 것이다.

운동선수의 '포기하고 싶은 순간들이 있었지만 이를 견뎌내어 결국 금메달을 땄다'는 말이 너무 뻔한 클리셰라고 생각했는데, 그들의 aMCC는 이미 수많은 훈련을 통해 단련되어 있었던 것이다. 그들은 고통을 참는 게 아니라, 그 고통을 하나의 신호로 받아들이는 법을 배운 거다. 마치 비 오는 날 우산을 펴내는 것처럼 '포기하고 싶다'는 고통을 마주할 때 '처리해야 할 하나의 정보'로 담백하게 인지하는 경지에 이른 것일지도 모른다.

휴버먼의 연구에 따르면, 우리 뇌는 고통을 느끼는 영역과 그 고통에 대응하는 영역이 따로 있다고 한다. 전자는 우리가 어쩔 수 없지만, 후자는 훈련이 가능하다. 이 설명은 나에게 또 다른 위안과 동시에 알 수 없는 가능성을 제시했다. 고통은 피할 수 없지만 그것을 해석하고 대응하는 방식은 바꿀 수 있다는 것. 달리기는 그 훈련의 완벽한 도구였다. 너무 피곤해서 쉬고 싶지만 그래도 뛰러 나가는 이 불편함은 10년이 넘어도 마찬가지지만, 그래도 오늘 뛰어야 주 4회를 찍지 싶은 마음. 이런 불편함을 다양한 일상에도 적용하고 있다. 아침마다 울리는 알람에 좀 더 자고 싶은 불편한 고통은 당연히 매일 느끼지만, 바로 일어나 욕실로 가 찬물을 틀고 뛰어드는 '대응'은 몇 년째 나의 데일리 매뉴얼이다. 하기 싫은 업무는 '딱 30분만 죽이 되든 밥이 되든 해보자'며 어떻게든 시작한다. 내가 대단한 사람이라고 말하는 것은 절대 아니다. 여전히 나는 고통을 쉽게 받고, 하기 싫은 일들을 흐린 눈으로 내 일이 아닌 척 보내줄 때도 있다. 그래도 30대 후반의 '덜 미성숙한' 사회인이 된 내가 '조금은 더 성숙하려고 노력하는' 자아가 될 수 있었던 것은 대단하진 않지만, 꾸준한 러닝을 통해 내 뇌 속의 aMCC를 조용히 단련했기 때문이라고는 자신 있게 말할 수 있다.

휴버먼은 피로에 대해서도 흥미로운 설명을 했다. 몸의 피로는 잠을 푹 자면 풀리지만, 정신의 피로는 좀처럼 그렇지 않다. 이는 육체적 피로와 정신적 피로가 뇌의 다른 부분에서 처리되기 때문이다. 정신적 피로를 이겨내는 능력은 육체적 피로를 이겨내는 경험을 통해 발달한다. 그의 이론은 내 경험과 일치했다. 그동안 러닝을 그토록 끈질기게 한 것에 대한 보상을 받는 기분이 들었다. '이 정도는 조금 더 견딜 수 있어'라는 알 수 없는 기분이 작업을 하거나 또 다른 일들을 하면서 느낄 때가 많다. 마치 은행 계좌에 비상금이 내가 생각한 것보다 더 쏠쏠하게 들어있는 것처럼 뇌 어딘가에 견딤이 복리 이자와 함께 쌓여있는 기분이다. 예상치 못한 지출이 생겨도 크게 흔들리지 않는 것처럼, 예기치 않은 정신적 스트레스에도 더 유연하게 대처할 수 있게 된 것이다.

2023년 여름은 유난히 힘든 프로젝트에 잠도 제대로 못 자고 야근의 연속인 나날이었다. 카페인으로 겨우 버티는 날들이 이어졌다. 나는 그럴 때 오히려 러닝이나 운동을 더 찾는다. 그 와중에 더 일찍 일어나 새벽 러닝을 나간다. 새벽의 차가운 공기를 가르며 한 발 한 발 내딛는 그 순간들이 업무 모드의 나까지 지탱해 준다. 내 aMCC가 '이 정도 스트레스는 충분히 감당할 수 있다'고 뇌 안에서 그렇게 판단한 걸지도 모른다. 사실 이런 다양한 요소를 차치하고, '내 하루를 능동적으로 컨트롤할 수 있다'는 삶의 자세를 새벽 러닝을 통해 만든 것이 더 확실한 이유일 수도 있다. 꼭두새벽부터 스스로 약속한 것을 했으니, 오늘도 나는 뭐든 할 수 있고, 버틸 수 있고, 결국 해내고 말 것이라고.

다시 한번 말하지만 이건 내가 의지력이 특별히 대단하다거나, 멘털이 남들보다 뛰어나다는 이야기를 하는 건 아니다. 여전히 힘든 일 앞에서 주저하고, 어려운 상황에서 도망칠 때도 있다(연차가 높아지면서 도망갈 기회가 현저히 줄어 들기는 했다). 달라진 게 있다면, 이제는 포기하기 전에 한 번 더 생각하게 된다는 것이다. 마음의 역치가 조금은 높아진 것 같다. 매일 배터리를 새로 갈아 끼운 다음, 아직 비실댈 때가 아니라고 하는 것처럼 말이다.

'오늘 뛰는 것도 했는데, 이거 하나 못 하겠어?'

10년이 넘는 러닝이 내게 준 가장 큰 선물은 어쩌면 이런 작은 변화일 것이다. 조금 더 부지런해진 일상, 조금 더 끈기 있게 무언가를 해내는 모습, 그리고 새로운 도전도 조금 더 '해보자' 하는 마음. 그래서 이렇게 책을 쓰는 일도 시작할 수 있었던 거라 생각한다. 마치 러닝 하듯, 한 문장 한 문장 앞으로 나아가면서 말이다. 글쓰기의 고통은 러닝의 고통과 크게 다르지 않다. 막막함, 지루함, 포기하고 싶은 유혹, 하지만 그 고통을 견디는 과정에서 아주 작은 의미의 성장이라는 것을 어렴풋이 느낀다(아 물론, 데드라인이 나의 최대 영감이었으며, 편집자님이 기한을 너그러이 미뤄준 것이 없었다면 절대 불가능했다).

휴버먼의 강연을 보면서 가장 신기했던 건 aMCC를 발달시키는 방법이 그동안 내가 자연스럽게 해오던 것들이라는 점이다. '지금 당장 할 수 있는 일부터 하기: 매일 아침 알람이 울리면 망설임 없이 욕실로 걸어가기', '하기 싫은 일도 참고 하기: 비 오는 날 빗속을 뚫고 달리기', '작은 승리 경험하기: 목표보다 1%만 더 뛰어서 조금씩 더 먼 거리 완주하기'처럼 이 모든 것은 어떤 거창한 계획이 아니라 그저 '그날그날의 나'를 다듬고 싶어 이어온 작은 습관들이었다. 메신저에서 친구들이 "야, 너는 뭔가 꾸준히 하는 게 대단해"라고 할 때마다 나는 웃으며 "이거 꼭 봐" 하고 휴버먼의 영상을 보낸다. 그러면 K는 "아빠처럼 잔소리한다"며 놀린다. 하지만 난 알고 있다. 이런 작은 실천들이 어쩌면 거창한 영웅 서사가 되는 건 아닐지라도 더 옹골차고 단단하며 우아한 삶을 만드는 시작일지도 모른다는 걸 말이다.

의지력이란 게 실물로도 있다면 그건 아마 근육과 비슷

할 거다. 둘 다 하루아침에 티가 나지 않지만, 꾸준한 자극이 필요하고, 작은 상처와 회복을 반복하면서 조금씩 자란다. 그리고 러닝은 적어도 내게 그 근육을 키우는 가장 자연스럽고 원초적인 방법이다. 어쩌면 제일 쉬운 방법 같다. 달리는 행위는 그렇게 나약하고 어지러운 나를 지탱해 준 하나의 조용한 축軸이 되어주었다.

어제는 오래간만에 이른 새벽에 일어나 달렸다. 12월의 초겨울의 시리고 따가운 공기가 폐 속 깊숙이 스며들어 왔다. 여전히 달리는 건 힘들다. 러닝 전 스트레칭을 하며 목표한 10km를 뛰는 동안 숨은 가빴고, 다리는 무거웠고, 역시나 오늘도 포기하고 싶은 마음이 들었다. 달리는 동안 달리는 것이 쉬웠던 적은 몇 번이고 강조하지만 단 한 번도 없다. 그 고통을 대하는 내 태도가 시간이 지나며 조금씩 달라졌을 뿐이다. 우리 뇌는 고통을 두 번 경험한다고 한다. 한 번은 실제로 고통을 느낄 때, 또 한 번은 그 고통을 해석할 때. 그렇다면 나는 (여전히 고통을 느끼는 것 같으니) 이제 그 고통을 조금 다르게 해석하는 법을 배운 것 같다. 고통이 고통으로 끝나는 날도 많지만, 조금 더 긍정적으로 고통을 마주하고 옆에 두고 이인삼각처럼 뛰는 날도 늘었다. 또 어떤 날은 만나기 싫은 이 고통이 나를 멈추게 하는

게 아니라, 내가 살아있음을 확인시켜 주는 하나의 표식이
라고 느낀다. 거창하지 않아서, 유난스럽지 않고 마음만 먹
으면 할 수 있어서 고마운 고통이다.

내가 러닝을 좋아하는
열 가지 이유들

하나. 장안교를 지나면 맡을 수 있는 새벽 냄새

이른 아침 장안교를 건너 중랑천 상행길로 접어들면 공기가 달라진다. 왼쪽으로는 무릎 정도 높이의 덤불이, 오른쪽으로는 흙이 덮인 산책로가 이어진다. 아스팔트에서 흙길로 바뀌는 순간, 코끝으로 스치는 특별한 냄새가 생각난다. 안동 일직면에 있는 외갓집 냄새.

산 초입에 자리 잡은 몇십 년 된 한옥에서 맞는 겨울 아침은 외할머니의 장작불 지피는 소리에 눈을 뜬다. 아궁이에서 피어오르는 연기는 따뜻했고, 산에서 내려온 공기는 마당에 차갑고 묵직한 안개를 만든다. 다른 온도를 가진 두 공기가 마당 한가운데서 만나 만들어내는 냄새가 있다. 장작더미에 쌓인 오래된 나무의 건조한 향과 재가 되어버린 장작의 탄 흙 같은 냄새가 눈이 녹아 습해진 땅의 냄새와 함께 블랜딩되어 피어난다. 장작더미 옆에는 항상 돌멩이가 놓여 있는데, 크기는 제각각이지만 모두 한 손에 쥘 수 있을 정도의 크기다. 나는 그 돌로 장작더미에 낙서를 하곤 했다(대부분 알아볼 수 없는 그림들이었다).

그날은 안동에서는 드물게 눈이 왔고, 나는 소여물을 주러 아래채로 내려갔다. 여물통에 건초를 털어 넣으면 소의 콧김이 하얀 연기처럼 피어오른다. 그 건초 냄새도 기억난다. 여름 한낮의 태양 아래에서 말린 풀 향은 말린 찻잎 같기도 하고, 갓 구운 빵 같기도 하다.

외할머니가 돌아가신 후에는 그 집에 갈 일이 없어졌다. 외삼촌이 주말이 되면 내려가 관리하며 텃밭을 일구며 지냈는데, 최근에 의성 – 안동 산불 피해로 다 타버렸다. 인명 피해는 없었지만, 엄마의 엄마가 남긴 흔적이 재가 되어버렸을 때 엄마가 느낀 허망함을 기억한다.

달리는 동안 흙길을 밟을 때마다 그 냄새가 떠오른다. 하천의 습기와 흙냄새가 섞여 만들어내는 공기가 오래전

외할머니 집 겨울 아침의 감각과 비슷하다. 시간은 직선이 아니라 동그랗게 말린 테이프처럼 순환한다고 믿는 나는 가끔 서로 다른 순간과 감각들이 이렇게 맞닿아 있다고 생각한다. 그래서 이렇게 러닝을 하다가 그 순간을 만나면 러닝이 그 접점을 지나는 바늘인가 라는 생각에 조금 아찔하면서 아련해진다.

둘. 여름날 샤워 후 깨끗한 러닝복을 입고 달리는 순간

아주 더운 여름에는 늘 샤워를 하고 뛴다. 서늘한 물로 샤워를 마치고 막 건조기에서 꺼낸 뽀송한 티셔츠와 반바지를 꺼내 입는다. 목덜미를 간지럽히는 태그를 모두 떼어 낸 러닝복이 몸에 착 감긴다. 최근 러닝복을 바꾸며 건조기에 돌리면 안 되는 러닝복을 산 것이 조금 불편하기도 하고 그 뽀송함을 느낄 수 없어 아쉽기도 하다(러닝복은 룰루레몬의 메탈 벤트가 최고다).

누군가는 이상하다고 할 수도 있다. 달리면 어차피 땀에 젖을 텐데 왜 굳이 샤워를 하고 나가나 싶겠지만, 이것 또한 또 다른 작은 의식 같은 거다. 아이스크림을 후식으로 먹기 전에 양치질하는 것처럼 맛을 제대로 느끼기 위해서는 깨끗한 입안이 필요하다. 러닝도 마찬가지다. 깨끗이 씻

은 몸에서 흘러나오는 땀으로 젖어야 제대로 된 러닝을 한 기분이 든다. 조금 변태스럽지만, 그 순수한 땀을 느끼며 뛰는 게 나름 쾌적한 여름 러닝의 묘미다.

한 시간 정도 달리면 러닝복은 완전히 땀으로 범벅이 된다(땀이 뚝뚝 떨어질 정도다). 그래도 불쾌하지 않다. 성취감과 뿌듯함이 만들어낸 여름만의 뽀송함(?)이다.

셋. 나만 뛰고 있는 것 같은 한밤 러닝

한밤은 도시의 체온이 가장 낮아지는 시간이다. 신호등도 대부분 노란색으로 깜빡이고, 편의점 간판만이 가끔 띄엄띄엄 보인다. 내 발소리와 숨소리만 들리는 그 시간 중랑천 변에는 나 혼자뿐이다. 마치 거대한 수족관 속을 헤엄치는 것처럼 도시의 불빛들이 물결처럼 일렁인다. 이 가장 바쁘고 현란한 도시에서 혼자 남겨진 기분이 묘하게 좋다.

넷. 이른 아침 사람들을 마주치는 기분

아침 일찍 러닝을 하면 부지런히 하루를 시작하는 사람들이 생각보다 많다는 걸 목격한다. 열심히 살아가는 무리에 나도 한 사람이 된 것 같은 뿌듯함이 있다.

다섯. 러닝화가 유난히 잘 맞을 때

처음 신는 신발은 늘 어색하다. 나이키 페가수스는 특히 그랬다. 신발 가게 직원은 이 모델이 1983년부터 40년째 만들어지고 있다고 했다. 매년 새로운 버전이 나오지만 기본 골격은 같다고, 마치 오래된 건축물처럼 외관은 바뀌어도 뼈대는 그대로라며 열심히 설명해 줬던 기억이 있다. 처음 며칠은 발뒤꿈치가 쓸렸다. 그러다 어느 순간, 정확히는 누적거리 120km를 찍은 뒤 갑자기 느낌이 왔다. 마치 러닝화가 발 모양대로 깎아 만든 것처럼 완벽하게 맞는 느낌이다. 신발 제조사들은 이를 '브레이크 인Break-in 기간'이라고 부른다. 러닝화가 내 발을 선택한 순간이다.

여섯. 플레이리스트를 랜덤으로 듣던 중 '이 노래가 나오면 좋겠다' 하는 순간, 그 노래가 나올 때

장마철의 후텁지근한 공기를 가르며 달리고 있었다. 이어폰에서는 5,000곡가량 담긴 플레이리스트가 무작위로 재생되고 있다. 문득 뉴진스의 노래가 듣고 싶다는 생각이 들었는데, 정확히 다음 곡으로 뉴진스의 〈Cookie〉가 나왔다. 뉴진스 노래는 10곡 정도 '좋아요'를 눌러두었으니, 확률적으로는 0.02% 정도의 가능성이다. 누군가 내 머릿속을

읽어 플레이리스트를 조종하는 것 같은 순간이다(이런 일은 아-주 드물다. 세 번 정도 경험했다).

일곱. 달리다가 우연히 아는 사람을 만날 때

러닝을 하며 나의 소중한 팀원을 마주하던 순간이 있었다. 탈색한 머리에 온갖 멋진 장비들로 거의 올림픽에 나오는 미국 대표 같은 러너가 나를 지나쳐 갔다. '와, 되게 멋있네.' 중얼거리며 신기한 마음에 한 번 더 보려 뒤돌아본 순간, 그가 나를 향해 전력 질주하며 뛰어왔다. 내가 참 좋아하는 멋쟁이로 유명한 영찬 님이었다. 우리는 그렇게 같이 1km 정도 함께 뛰었다. 달리다 우연히 지인을 만나는 경우는 플레이리스트의 순간만큼 드문 일이다. 마치 이국땅에서 동포를 만난 것 같은 반가움이다.

여덟. 달리기 전과 후의 중랑천 수위가 다를 때

아침 6시에 시작해서 7시에 돌아오는 중랑천 코스가 있다. 뛰는 사이에 강물이 조금씩 불어나는 코스다. 종종 교각에 마킹된 숫자를 보는 버릇이 있는데(역시 숫자 강박증인가), 기상청 자료에 따르면 아침이슬이 맺히는 시간과 관계가 있다고 한다. 혹은 상류의 댐에서 방류하는 시간 때문일 수도 있다. 어쩌면 도시도 나처럼 새벽에 살금살금 준비 운동을 하는 걸지도 모른다. 내가 뛰는 동안 강물도 조금씩 잠에서 깨어나는 준비를 한다.

아홉. 여름 새벽 가로등이 일제히 꺼지는 순간

새벽은 도시의 스위치가 바뀌는 순간이다. 달리다 보면 가끔 그 찰나와 마주친다. 마치 무대의 조명이 전환되듯 가로등이 하나둘 꺼지고 그 자리에 새벽하늘이 밝아온다. 그 잠깐 사이에 도시가 숨을 고르는 것 같은 느낌이 든다. 어둠도 아니고 밝음도 아닌 그 찰나의 순간. 도시도 생체시계가 있는 것 같다. 반대로 늦은 저녁, 가로등이 일제히 켜지는 순간도 멋있다. 1, 2초씩 시간차를 두고 다다다다 켜지는 가로등 사이를 달리면 애니메이션 속 주인공이 된 기분이다.

열. 한여름 밤 제일 가까운 편의점으로 달려가 마시는 물 한 모금

저녁 8시에 시작한 러닝은 9시 반이 넘어서야 끝난다. 몸은 땀범벅에 머리부터 발끝까지 열기로 가득 찬다. 이대로는 한 걸음도 더 갈 수 없을 것 같아서 가장 가까운 편의

점으로 향한다. 냉장고 문을 열고 차가운 물병을 잡는 순간, 손바닥에 느껴지는 서늘한 감각이 마치 온몸의 열을 빨아들이는 것 같다. 벌컥벌컥 물을 들이켜면 차가운 물이 식도를 타고 내려가며 온몸의 세포 하나하나를 깨우는 것 같다. 한여름 밤의 갈증을 단번에 해소하는 짜릿한 보상이다. 러닝 후 마시는 물 한 모금이 세상에서 가장 맛있다고 기안84도 말하지 않았던가. 이것이야말로 땀 흘린 자만이 누릴 수 있는 가장 정직하고 확실하며 행복한 보상이다.

얼마나 더
달릴 수 있을까 싶다가도

나는 오늘도 러닝화 끈을 맨다. 현관문과 중문 사이 작은 조명이 만들어내는 원 안에서 반년 넘게 발을 감싸고 있는 이제 익숙해진 러닝화의 끈을 천천히 조여간다. 엄지와 검지로 끈을 당겨 매듭을 짓는 단순한 행위는 꽤 의식 같다. 2020년 여름, 아주 근사한 기회로 《디렉토리》 매거진에서 문주희 에디터와 인터뷰할 기회를 준, 그 작지만 확실한 의식 말이다. 늘 그랬듯이 1%를 더 채우고, 늘 그랬듯이 러닝 앱의 짧고 명료한 전자음이 울릴 때까지 러닝을 멈추지 않을 것이다. 그 소리는 하나의 작은 마침표이자, 그날 밤 나와의 약속이 잘 지켜졌다는 확인 도장 같은 것이다.

사람들은 가끔 묻는다. 내가 오랫동안 러닝을 해왔다는 이야기가 나오면 거의 예외 없이 따라오는 하나의 정해진 의식 같은 질문이다. 처음에는 이런 질문이 당황스러웠다. 어느 시점까지 할 것을 생각하고 무언가를 하는 사람이 있나 싶으면서, 누군가에게는 러닝이 '젊은 사람들의 운동'이거나, '한때 열정적으로 하다가 자연스레 그만하게 되는 취미' 정도로 인식되나 보다. '언제까지 할 수 있느냐'는 질문은 이미 '언젠가는 그만둘 것'이라는 가정을 품고 있으니 말이다.

나에게 달리기는 (달리는 사람이라면 대부분 그렇겠지만) 그렇게 단순하지 않다. 단순한 운동이나 취미의 범주를 넘어선 지 오래다. '태도의 영역' 같은 표현이 좀 더 맞겠다. 그럼에도 한 번씩 (당연하게도) 생각한다. '완전 순수하게 건강하기 위한 운동 행위가 아니라면 나는 왜 뛰지? 과연 이 반복적인 움직임이 무슨 의미가 있을까?' 마치 신화 속 시시포스가 바위를 밀어 올리듯, 나는 매주 비슷한 패턴으로 비슷한 무게감의 숫자를 쌓아 올린다. 이 무의미해 보이는 반복에서 나는 무엇을 찾고 있는 걸까? 혹은 무엇이 나를 찾고 있는 것일까?

카뮈가 말했듯이 "시시포스는 행복하다고 상상해야 한다." 그 말을 처음 읽었을 때는 솔직히 이해하지 못했다. 영원히 바위를 굴려 올려야 하는 끝없는 형벌을 받은 시시포스가 어떻게 행복할 수 있단 말인가? 하지만 10년 동안 똑같은 코스를 달리면서 나는 그 역설의 의미를 아주 희미하게나마 이해하게 되었다(카뮈가 말한 것처럼 무게감 있게 이해하지는 못하겠지만). 행복은 거창한 목적지에 도착했을 때 오는 것이 아니라, 그 반복적인 과정을 기꺼이 받아들이고 그 안에서 나만의 리듬을 발견할 때 찾아온다는 것을 말이다. 반복의 일상성 속에서 나는 나름의 질서와 평온을 발견하려 한다. 비슷한 시간대에 호지와 놀아주고 그르릉거리는 호지를 껴안는 일, 자기 전에 짤막하게 하루를 기록하고 (매일은 아니지만) 긍정적인 미래를 상상하며 내 자신을 위로하는 일, 매주 일요일 저녁에는 반신욕을 하는 일 등등.

어떤 날은 뛰면서 정말로 생각한다. '내가 지금 뭘 하고 있는 거지?' 똑같은 길을 똑같은 시간에 똑같은 속도로 달리는 내 모습에 대해서 전지적 삼인칭 시점으로 보고 싶을 때가 있다. 중학생 때 엄마를 졸라 키웠던 반려 햄스터 홀리가 쳇바퀴를 돌리는 것처럼 보일까? 엊그제도 이 길을 뛰었고, 어제도 이 길을 뛰었다. 언뜻 보면 아무것도 변하지 않는 무의미한 반복인데, 나는 무얼 위해 이러고 있는 것일까? 카뮈가 말한 '행복한 시시포스의 바위 굴리기'보다는 좀 더 명분이 있겠지? 순수한 유희 같은 즐거움만은 아니니 혹 무언가를 -시간, 여유, 그것도 아니면 또 다른 취미를 생산적으로 할 수 있는 기회비용 같은- 잃고 있는 건 아니겠지.

하지만 이내 바로 깨닫는다. 이 무의미해 보이는 반복에서 내가 가장 평온한 상태인 것을 말이다. 회사에서도, 사회에서도, 또 나의 인생 자체는 어찌 보면 예측할 수 없는 변수들로 가득하다. 갑자기 터진 이슈, 예상과 다른 결과, 통제할 수 없는 상황들, 또 그 와중에 생긴 안정성조차도 깨고 나는 전공을 바꾸며, 이직하며, 관계를 다시 형성하며 또 다른 변수를 스스로 만들어갔다. 그런 불확실함 속에서 하루를 보내고 나면 이 예측 가능한 10km, 즉 '내가 만들고 내가 달성하는 짧은 미션'이 얼마나 안정감을 주는지 모른다. 내가 뛴 만큼이 정확히 기록되고, 내가 들인 노력만큼 확실한 결과가 남는다. 애플워치 화면에 떠오르는 선명한 숫자들을 볼 때마다 느끼는 안도감, 그 명확함이 내가 달리기를 계속하는 이유다. 그것은 불확실한 세상 속에서 내가 기댈 수 있는 작은 진실 같은 것이다.

무엇보다 러닝은 내게 통제할 수 있는 세계를 선물했고, 그 안에서 나는 나 자신을 다시 정렬할 수 있었다. 오늘 얼마나 빨리 뛸지, 어떤 코스를 택할지, 어떤 난이도(보통은 속도)로 뛸 것인지, 반환점에서 쉴지 말지, 마무리하고 야식을 먹을지 말지까지, 그 모든 선택이 오롯이 내 것이다. 그 누구의 간섭도, 그 어떤 외부의 압력도 존재하지 않는 순수한 자율의 시간이 우리의 하루에, 또 삶에 얼마나 허락될 수 있을까? 생각보다 많지 않다. 출퇴근의 도로 체증에서 얌체 운전을 하지만 깜빡이를 켠 앞 차를 끼워줄까 말까 정도의 작은 능동성이 대부분일 것이다.

강박적일 정도로 정확한 숫자에 대한 집착도 마찬가지다. 8.08km, 10.10km, 12.12km, 혹은 한 번씩 컨디션이 좋으면 1% 더. 누군가는 이상하다를 넘어 기괴하다(고 말한 친구도 있다. 변태 같다나 뭐라나)고 할지 모르지만, 이 정확한 숫자들은 내가 만드는 몇 안 되는 능동성의 기회다.

이는 나뿐만이 아닐 것이다. 대부분 현대인의 일상은 늘 애매모호하다. 프로젝트의 성공 여부도, 인간관계의 깊이도, 심지어 오늘 하루를 잘 보냈는지조차 명확하지 않다. 모든 것이 모호하고 불확실한 안개 속에 갇힌 듯하다. 그런 생각들을 하고 나면, 러닝을 통한 행복감은 꽤 진지하다. 시시포스가 바위를 굴려 올리는 그 순간처럼, 나도 매일 밤 이 길을 달리는 순간이 행복하다고 느낀다. 그것은 더 이상 무의미한 반복이 아니라, 나만의 의미를 찾아가는 충실한 일상이 되었기 때문이다. 힘들지만 얻는 쾌감과 함께 다양한 이유로 만들어진 만족감이 하나의 완전한 경험을 만들어낸다.

10년 동안 달리면서 배운 것이 있다면, 행복이란 거대한 성취에서 오는 게 아니다. 물론 근 10년간 지내오며 큰 성취에서 온 기쁨도 있었다. 이직의 성공, 프로젝트의 성공과 그에 따른 인정, 그리고 연애 및 교우 관계에서 오는 크고 작은 행복한 감정들. 하지만 익숙한 반복이 주는 기쁨은 이런 것들과는 조금 다르다. 오늘도 기어코 해냈다는 감정이 쌓여 일주일의 만족이 되고, 그런 일주일이 모여 일 년을 채우고, 30대 삶의 충실함이 되어 내 삶의 큰 동력이 되었다.

마지막 글을 쓰다 보니 조금 거창하게 느껴질 수 있지만, 이 이야기는 꼭 하며 책을 마무리하고 싶다(오글거린다면 조금만 참아주세요). 10년 동안의 러닝이 내게 가르쳐준 가장 중요하고 궁극적인 것은 결국 행복은 저 멀리 있는 거대한 목표가 아니라, 내 자리에서 오늘을 살아가는 태도에 있다는 것이다. 큰 성공을 좇거나 완벽한 컨디션을 기다리기보다 그저 '오늘의 몸'으로 할 수 있는, 작지만 최선을 다해 묵묵히 작은 것들을 쌓아가며 조금씩 나아가는 것. 그것은 마치 (아버지가 주말농장을 하며 말씀하신 경험을 조금 섞어 비유하자면) 오래된 정원에 씨앗을 뿌리고, 물을 주고, 싹이 트는 것을 조급해하지 않고 묵묵히 지켜보는 농부의 마음과 비슷하다. 하루아침에 탐스러운 열매를 맺을 수 없다는 것은 누구나 안다. 알지만 어려운 것이 조급해하지 않는 것이다. 성격이 급한 나도 이런 궁극적 행복에 대해서는 조금의 여유를 가지려 노력한다. 오늘 하루 뛸 수 있음에 감사하며 (고통스러울지라도) 러닝을 하는 내 지금의 역할을 다하는 것, 그 행위 자체가 이미 행복의 달콤한 초콜릿 케이크 조각이 된다.

나는 오늘도 힘들지만 기분 좋게 달렸다. 얼마나 더 달릴 수 있을까? 이제는 그 질문이 조금 다르게 들린다. '할 수 있을까'가 아니라 '어떻게 하면 더 오래, 더 깊이 있게 할 수 있을까'의 문제로 넘어간다. 그 답은 매일 밤 러닝화 끈을 매는 순간, 내 안의 고요한 침묵 속에서 분명해진다. 별 탈이 없는 한 나는 계속 달릴 것이다. 그것은 단순한 움직임을 넘어, 내 삶의 불확실한 여정 속에서 나를 지탱하는 가장 확실한 리듬이며 궁극적 삶의 행복을 찾는 나만의 보장된 방법이기 때문이다(이 문단이 뭔가 자서전 같아 부담스러워 지웠다 쓰기를 반복하지만, 그래도 기록해 본다).

우리는 모두 각자의 7.07km를 가지고 있다. 각자의 코스가 있고, 각자의 페이스가 있으며, 각자의 부주상골이 존재한다. 다른 사람보다 더 빠르게 더 멀리 달려야 한다는 강박을 가질 필요도, 남과 비교할 필요도 없는 '각자의 이야기' 말이다. 이 글을 읽고 있는 분들도 모두 각자의 이야기를 써 내려가고 있다. 그래서 누군가의 이야기가 궁금하여 이렇게 시간과 공을 들여 책을 읽다가 마지막 챕터까지 왔을 것이다. 누군가는 매일 아침 일어나자마자 샤워하고 커피를 내려 마시며, 누군가는 퇴근 후 피아노 건반 앞에 앉아서 서투른 멜로디를 연주하며 랩 같은 노래를 부른다. 어떤 이는 하루하루 짧지만 뿌듯한 일기를 쓰며 울고 웃고, 또 어떤 이는 매주 한두 번 엄마에게 무뚝뚝하지만, 사랑의 안부 전화를 드린다(모두 내 이야기이기도 하다). 이 크고 작은 행위들이 뒤섞여 우리의 삶을 겹겹이 쌓아 올린다.

완벽할 필요는 없다. 빠를 필요도 없다. 높이 쌓을 필요도 없다. 남들과 비교할 필요도 없다. 그저 오늘 조금이라도 만족하는 마음, 내일도 오늘처럼 잘 한번 살아보겠다는 작은 다짐이면 충분하다. 그렇게 하루하루 쌓아 올린 작은 이야기들이 언젠가는 각자만의 멋진 인생이라는 이름의 그림이 되지 않을까? (그림이라는 비유 말고는 딱히 뭔가 형용할 만한 것이 떠오르지 않는다. 그만큼 고귀하고, 독특하고, 사랑스럽다.) 어떤 길을 선택하든, 어떤 속도로 나아가든, 때로는 멈춰 서서 쉬어가든, 중요한 것은 자신이 선택한 그 길 위에서 꾸준하고 성실하게 살아가는 것이다. 그리고 그 성실함 속에서 찾아지는, 세상이 주목하지 않아도 나 자신만은 느낄 수 있는 작은 기쁨과 행복을 놓치지 않는 것이다.

달리는 동안 나는 내가 세상의 가장 작은 부분임을 느끼고, 동시에 그 세상에서 나만의 리듬을 가진 가장 크고 소중한 존재임을 깨닫는다. 나의 삶은 그렇게 매일 밤 꽉 매는 러닝화 끈처럼 작고 사소한 반복들로 채워지는 이야기가 여전히 현재 진행 중이다.

'아니, 그래서 마라톤 한 번 나가보지 않은 사람이 러닝 에세이를 썼다고?'

나는 끝내 '러닝'에 대한 책을 쓰지 못했다는 사실을 깨달았다. 과연 괜찮을까 민망한 마음도 들고, 제목에 이끌려 책을 고르신 분들이 괜히 실망할까 죄송스럽기도 하다. 부랴부랴 러닝을 다룬 에세이들을 찾아보니 세계 6대 메이저 마라톤을 완주하며 화려하게 마무리하신 멋진 분들이 참 많았다. 사실 지금도, '어쩌나' 싶은 마음이다.

큰 성취에 대한 드라마틱한 서사가 아닐지언정 와중에

러닝을 잘하는 방법도, 기록을 단축하는 요령도, 안전한 러닝을 위한 전문 정보도 없다. 혹시 그런 정석을 기대하셨다면, 다시 한번 죄송하다는 말씀을 전하고 싶다. 책 표지에 '저는 하프마라톤도 완주해 본 적이 없어요!'라고 써야 하나 진지하게 고민 중이다.

유튜브나 운동 인플루언서분들이 이미 다양한 채널에서 잘 뛰는 법에 대해서 차고 넘치게 말하고 있기에, 나는 러닝 그 자체보다는 러닝을 둘러싼 '시간'과 '마음가짐', '태도'에 대해 쓰기로 했다는 구차한 핑계를 대본다. 이 일상적인 취미와 함께 어떻게 삶을 버텨왔는지, 어떤 마음으로 하루와 한 달을 넘겼는지, 또 작고 사소하지만 나름의 의미들을 귀엽게(?) 부여해 온 행동들에 관해 썼다. 결국 이 책은 러닝을 중심축에 둔 아카이빙에 한 권의 일기장이 되었다. 초고의 초고를 읽어본 친구 민호가 어떻게 달릴지에 대한 이야기가 아니라, 달리고 싶어지게 만드는 이야기라 좋다고 말해주었을 때 비로소 용기를 내어 이 에필로그까지 올 수 있었다.

책 곳곳에 언급했듯 내 본업은 브랜드 디자이너다. 순수 예술가가 아니기에 나에게는 '필요'를 느끼는 타인이 존재해야 한다. 상사든, 협업 팀이든, 클라이언트든 누군가가 나를 찾지 않으면 내 작업은 조금 극단적인 표현이지만 존재할 이유를 잃고 만다. 그냥 예쁜 창작물은 내 직업에 무용지물이다. 그래서일까, 내 마음 한편에는 늘 불안함이 살고 있다. 누군가 나를 더 이상 필요로 하지 않으면 어쩌지? 내 작업뿐만 아니라 내 존재 자체가 희미해지는 건 아닐까 하는 걱정들. 보통 일이 없을 때 더 자주 고개를 드는 이 불안함은 꽤 슬프고 무겁다.

그래서 이 책을 쓸 수 있을지 더 오래 망설였다. 아직 만나보지도 못한 독자들을 상상하며, 그분들의 소중한 시간에 '필요한 이야기'를 내가 해줄 수 있을지 끊임없이 의심했다. 필요에 의한 요청받지 않은 '내 이야기'를 불쑥 꺼내는 것은 여전히 어색하다. 디자인이나 러닝이라는 명확한 주제가 아니라, 내 생각과 태도에 대한 고백이라니 더 민망할 수밖에.

출판사에서 함께 이야기를 써보자고 제안 주셨을 때도 처음에는 (너무나 감사하지만) 거절하려 하였다. 하지만 계속 생각나는 묘한 호기심이 결국 나를 노트북 앞에 이끌었고, 샘플로 두 꼭지를 써보았다. 웃기게도 데모로 쓴 두 가지 이야기는 모두 러닝이 아닌 내 첫 신입사원 면접 이야기와 러닝을 왜 시작하게 되었는지에 대한 프롤로그였다. (읽어보신 분들은 아시겠지만) 달리는 순간에 관한 이야기가 단 한 문장도 없다. 하지만 에디터님이 읽어 보고는 '기록을 위해 달리는 것이 아니라는 점 또한 《난생처음》 시리즈와 어울리는 것 같습니다'라고 말하며 울퉁불퉁한(이라고는 안 했지만) 내 샘플 글들에서 근성이 느껴진다고 이야기한 것이 기억에 남는다(캡처해 사진첩에 ♥를 눌러두었다). 그 작은 응원이 동력이 되어 용기를 내어 이 책을 (물론 너무 어려운 시간들이었지만) 신나게 달리듯 써 내려갈 수 있었다.

　방금 말한 '용기'에 대해 말하며 이제 이 책을 마무리하고 싶다. 시작은 늘 어렵다. 누군가에게는 첫 '요이땅' 스타트를 끊는 마음가짐이, 누군가에게는 멈췄던 무언가를 '다시' 시작하는 것이, 또 누군가에게는 지루한 반복을 '또 한 번' 이어가는 의지가 두터운 벽처럼 느껴질 테다. 12년 동안 해온 취미 혹은 마치 도 닦기 같은 이 고요한 수행을 이어가다 보니, 한 가지 행위 속에서도 수없이 다양한 형태의 시작이 존재한다는 걸 알게 되었다. 추위에 삐져서 잠깐 쉬었다가 하는 시작, 부상으로 강제 오프 당했다가 조심스레 내딛는 시작, 그냥 권태로워서 두 달쯤 외면하다가 새초롬하게 다시 하는 시작들. 이 모든 시작의 교집합에는 결국 크고 작은 '용기'가 있었다.

용기는 마음가짐들 중에서도 꽤 마음의 공수가 드는 일이다. 압박을 넘어 스트레스도 어느 정도 필요하고, 남들 혹은 내 스스로 보는 눈치도 필요할 터이다. 나는 사실 용기가 많은 사람이 아니었다. 지금의 나를 아는 친구들은 잘 믿지 않겠지만, 낯선 사람들에게 먼저 말을 거는 일도, 엘리베이터에서 먼저 인사하는 일도, 식당 사장님께 반찬 더 달라고 말씀드리는 일도 꽤 오랜 시간 망설여야 하는 사람이었다. 그 흔한 게임조차 하는 것이 나에겐 '시작의 문턱'을 넘기기 어려워 피시방에서는 혼자 카트라이더나 달리다 나오곤 했다. 그 시작의 용기에는 마음의 여유(공간)도 필요하고, 부담을 먼저 의식하기에 그럴 것이다.

그런 내가 러닝을 시작하고, 멈췄다가 다시 시작하기를 반복하며, 급기야 그 밀당 같은 기록들을 모아 한 권의 에세이까지 펴낸 것은 내 인생에서 일어난, 용기를 넘어선 기적 같은 사건이다. 아마 러닝을 하지 않았다면 평생 시도조차 하지 않았을 일들이 꾸준함을 기어코 이어온 시간 덕분에 나약했던 나를 조금씩 바꿔놓았다. 그래서 나는 이 책의 마지막 장을 덮는 당신에게 "내가 했으니 여러분도 할 수 있습니다!"라는 촌스러운 클리셰 대신, 가볍지만 묵직한 목례와 함께 눈인사를 건네고 싶다.

나의 용기는 대단한 결단에서 나온 것이 아니었다. 그저 '오늘 딱 10분만 뛰어보자'는 작은 타협, '어제는 쉬었지만 오늘은 한 번만 다시 해보자'는 아주 약간의 뻔뻔함이 모여 만들어진 근육이었다. 우리는 각자 다른 모양과 길이의 트랙 위를 달리고 있지만, 운동화 끈을 묶는 그 3초의 망설임을 이겨냈다는 점에서는 모두가 같다. 당신이 오늘 내딛는 그 작은 발걸음이 누군가에게는 '나도 다시 시작해볼까' 하는 잔잔한 동력이 될지도 모른다.

거창한 완주나 마라톤 대회가 아니어도 충분히 괜찮다. 각자의 속도로, 각자의 일상을 조금씩 넓혀가다 보면 우리는 어느 지점에서인가 서로의 달리는 속력과 리듬을 느끼게 될 것이다. 먼저 앞서서 달려가는 누군가의 뒷모습을 따뜻하게 바라볼 수 있는 여유도 생길 테다. 당신의 용기 있는 새로운 시작이 당신만의 고유한 일상이 되기를, 그리고 그 길 위에 우연히 마주치는 우리가 아주 조용히 서로를 응원할 수 있기를 바란다.

난생처음 러닝

초판 1쇄 발행 2026년 3월 17일
초판 2쇄 발행 2026년 3월 31일

지은이 심석용
펴낸이 유성권

편집장 윤경선
책임편집 김효선 **편집** 조아윤
홍보 윤소담 **디자인** 박채원
마케팅 김선우 강성 최성환 박혜민 김현지
제작 장재균 **물류** 김성훈 강동훈

펴낸곳 ㈜이퍼블릭
출판등록 1970년 7월 28일, 제1-170호
주소 서울시 양천구 목동서로 211 범문빌딩(07995)
대표전화 02- 2653- 5131 **팩스** 02- 2653- 2455
메일 tiramisu@epublic.co.kr
인스타그램 instagram.com/tiramisu_thebook
블로그 blog.naver.com/tiramisu_thebook

티라미수 THE BOOK은 ㈜이퍼블릭의 인문·에세이 브랜드입니다.

editor's letter

10년 넘게 달려온 저자의 "사실은 러닝은 고통스럽다"라는 말이 통쾌함을 선사했어요. 러닝을 처음 시작하면서 즐기며 달리는 사람들 사이에 나만 이렇게 힘든 건가 억울했거든요. 그럼에도 계속 뛸 수 있었던 건 나의 의지로 '오늘도 하나는 해냈다'는 그 마음 때문이었다는 걸 이 책을 읽으며 깨달았어요. 오늘 한번 가볍게 뛰어보는 건 어떨까요? 무의미해 보이는 이 반복적인 행위가 삶의 동력을 되어줄 거예요.